CB027582

Mundo Impossível

MAYARA FLOSS

MUNDO IMPOSSÍVEL

Contos

coragem

Porto Alegre, RS
2024

www.editoracoragem.com.br
contato@editoracoragem.com.br
(51) 98014.2709

Produção editorial: Thomás Daniel Vieira.
Coordenação: Camila Costa Silva.
Fotografia: Pâmela Tisott;
Preparação de texto: Angélica Dias Pinheiro.
Projeto gráfico: Mayara Floss, Lorenzo Kupstaitis, Iasmine Nique e Thomás Daniel Vieira.

Porto Alegre, Rio Grande do Sul.
Inverno de 2024.

Dados Internacionais de Catalogação na Publicação (CIP)

F641m Floss, Mayara
Mundo impossível; contos / Mayara Floss; apresentação Diádiney Helena. – Porto Alegre: Coragem, 2024.
174 p. : il.

ISBN: 978-65-85243-16-2

1.Contos – Literatura brasileira. 2. Contos – Preservação ambiental. 3. Literatura brasileira. 4. Mudanças climáticas – Saúde. 5. Poluição – Meio ambiente – Natureza. I. Helena, Diádiney. II. Título.

CDU: 869.0(81)-34

Bibliotecária responsável: Jacira Gil Bernardes – CRB 10/463

"Não sou um pregador do apocalipse, o que tento é compartilhar a mensagem de um outro mundo possível."
— Ailton Krenak em *A vida não é útil* (p. 85).

A autora deste livro respeitosamente saúda e cumprimenta os povos originários de Abya Yala e Pindorama, bem como as comunidades tradicionais deste Brasil, especialmente quilombolas e indígenas, que compõem a imaginação destas histórias. Agradeço, respeito e honro nossos ancestrais.

SUMÁRIO

APRESENTAÇÃO

Por Diádiney Helena[1]

Respiro fundo.
Olho pela janela.
Sinto o vento balançar as copas das mais velhas, as árvores.
Elas dançam enquanto contam histórias.

Pergunto ao vento:
para onde caminhamos? E ele sussurra alto.

Fecho os olhos e penso.
Mundo Impossível?
Coração bate forte.
Expiro.

Rememorar a vida que pulsa da terra: nós sonhamos
E enquanto sonhamos
ativamos um relógio anti-horário
quando estamos conectados com a natureza
desejamos bem viver
porque o futuro é ancestral

---

1. Indígena mulher pataxó, historiadora e educadora antirracista.

sonhamos e persistimos em plantar
e plantar perseverança
e plantar esperança de continuação
e plantar conexões, cosmovisões
são muitos os seres que pulsam nessa imensa ecologia ancestral
e todos são fundamentais para que a vida continue existindo
somos comunidades de rizomas
somos partilhas de energia e alimento
somos o vento que percorre os campos, as árvores que acarinham o rosto
somos o sol que faz florir
somos as penas vermelhas da resistência
somos defensores e protetores das almas das árvores
somos montanhas vivas
porque sonhamos.

Porque sonhamos, dançamos com o sol e a lua
e nos pintamos com as tintas de plantas espirituais.
Por que sonhamos?
Para continuar tendo direito ao céu e às estrelas,
para preservar as sementes e
para continuar a sonhar.

A colonização promove mundos impossíveis há séculos. E faz sonhar os mundos gestados nas caravelas: escravidão, doenças e mortes.

O extermínio dos povos provocou o desmoronamento de muitos mundos ao longo da história. Mas as sementes fortaleceram essa terra criando resistências para que muitos povos continuem semeando as histórias sonhadas pelos seus mais velhos, continuem sonhando com mundos onde os céus estão sustentados por florestas em pé.

Com mentes e corpos fincados no território ancestral, há muitos povos movimentando suas narrativas e sendo guiados pelos seus encantados.

São histórias com cheiro de terra e árvore, cheiro de chuva e semente brotando.

São as histórias de povos que possuem suas trajetórias de vida como florestas densas

crescendo e sendo regadas por canções, por histórias, acolhidas pelos rituais.

São movimentos de vida, com som de água correndo.

A colonização segue prometendo mundos impossíveis, devassados pela ganância, pelo desenvolvimento capitalista, pelo racismo que não admite as coexistências, a diversidade de viver e narrar histórias em qualquer tempo e lugar, mas principalmente hoje, e de igual para igual. Essa colonização ameaça a vida.

Respiro fundo e fecho os olhos.

Ouço as sementes de um maracá.

Mulheres marcham. E enquanto pisam forte o chão, evocam sonhos ancestrais.

O vento sussurra alto. Há proteção para a luta. E tem uma floresta densa de árvores e de espíritos que precisa ser protegida.

Mulheres gritam: A luta pela terra é a mãe de todas as lutas!

N2 &, R321, Grabouw, 7160, África do Sul
14 de setembro de 2022.

A mulher no caixa, quando termina de passar as compras, fala:

— Você quer matar um peixe ou uma árvore?

Olho para ela sem entender, ela sorri e diz:

— Saco de plástico ou de papel?

VERMELHO

Observava, por entre as rugas, a estátua de gesso da Nossa Senhora Aparecida. Melancólica, descascada, sem fé alguma. A imagem destoava da decoração cinza da base de trabalho. Piscava para lubrificar os olhos secos. São cerca de oito *containers* acoplados e reciclados de forma sustentável. Até que ficou bom, pensou Xavier aproveitando o ar frio do climatizador. Oito horas e vinte e três minutos, mostra o canto da retina implantada. Xavier coçou a barba crescida como uma lixa contrastando com a palidez amarelada do rosto e cantarolou quase afinado a música antiga. *Apesar de você amanhã há de ser outro dia*. Colocou para tocar a seleção de músicas brasileiras dos séculos XX-XXI no implante coclear de seus olhos castanhos. A música se mesclava nas linhas xadrezes da sua blusa vinho e preta, uma ode antiga das toalhas de mesa.

Xavier não pensava nem na música nem no xadrez da roupa: calculava o trabalho como um tabuleiro. Se não pagasse bem, preferiria fazer algo com números, talvez a eterna profissão do futuro, programação. Porém, por falta de opção, como toda a sua família, trabalhava com pessoas. Quase genética: ser canhoto e lidar com gente.

*

A barba o fez tirar a máscara concentradora de oxigênio enquanto se coçou dentro da roupa, um macacão estilo astronauta. Um alerta irrompeu a retina. Piscando. Seguia devidamente os protocolos de segurança e odiava os equipamentos de proteção individual, mas odiava mais advertência no trabalho. Peão no xadrez. O painel mostrou uma luz verde alternando. É preciso manter o oxigênio suplementar, afinal o ar está com a qualidade baixa, irrespirável, de novo. Houve alguma movimentação no campo, a pupila se retraiu procurando informações. Sentiu no pescoço a corrente dourada pendurada com um crucifixo, era hora de salvar alguém de morrer de fome.

Não foi tão difícil conseguir o emprego, depois das entrevistas e provas da licença. Qualquer um poderia. Achou que penaria no começo. Mas aprendeu rápido a aliviar o sofrimento humano, sempre fazia uma oração. Um sacerdócio. O sistema tecnológico ajudava, mas Xavier tinha tato, os colegas chamavam de intuição. Melhor do que qualquer máquina. Ativou as informações da retina com um toque da língua no céu da boca, procurava algum sinal infravermelho, algum ser quente no deserto. Sentiu o cheiro de algo por vir.

Lembrou-se da semana anterior, do sangue da mulher, das costelas expostas e do umbigo encostando na coluna. O cavalo, mais magro que a mulher, contrastava com o verde desértico. Colocou Nelson do Cavaquinho para tocar nos implantes cocleares e subiu na motocicleta para averiguar o que o sistema havia sinalizado. Gostava das coisas feitas à moda antiga. Preferia sempre conduzir ao invés do piloto automático. Quase não se controla mais nada hoje, por isso vibrou de prazer, atento, enquanto dirigia rígido. Orientou os drones a fazerem uma varredura, sentindo no céu da boca um gosto de sangue.

Xavier cruzou um dos limites do território às 8h40min32seg. Momento em que começou uma garoa artificial. Preciso. A cada vinte minutos. A ciência é realmente incrível. O Brasil vai acabar com a fome do mundo, pensou nisso enquanto via a soja molhada. Adorava o *slogan* de que o Brasil é o celeiro do mundo. Xavier se enobrecia do seu trabalho nutritivo. O verde molhado dava prazer, apesar de saber que tirar a máscara seria fatal, o cheiro insuportável. Defensivos agrícolas. Ele zelava cada planta. Passou pelo ponto queimado da semana anterior, sentiu o estômago na boca por ter deixado aquela mancha. Simpatizava com o desespero da amazona desnutrida na linha aguçada da retina, mas refletia os ossos do ofício. Fome.

No passado até dava para enterrar os corpos, mas aquela gente começou a carregar explosivos. Zé, seu companheiro de trabalho, morreu assim: explodido. Então Xavier aprendeu a, depois de cuidar, queimar a distância, mesmo se a alma trouxesse um cilindro de precioso oxigênio. Aliás, principalmente se tivesse um cilindro de oxigênio. A explosão é maior. Dava dó da soja verde, melhor era acabar com o sofrimento dos mortos de fome antes de entrarem na bolha da soja e ter que destruir também a plantação.

O cuidado da mulher faminta da semana anterior rendeu bons frutos, além de tirar o cavalo e ela da miséria. Clemência. Quando o drone automatizado da fazenda pediu autorização para atirar, ele tinha resolvido o problema. É por isso, também, que o patrão, reizinho, gostava tanto dele. E, por isso, Xavier ganhava tanta bonificação no metaverso sempre que agradava o reizinho ganhava crédito virtual, além das horas trabalhadas na semana. Sentia-se satisfeito com a vida, o trabalho, a segurança e a justiça.

*

Xavier interrompeu a inspiração dentro da máscara e seguiu com os olhos um ponto movendo-se com muita rapidez para dentro da soja verde e molhada a 27 quilômetros e 334 metros de distância. O ponto cruzou sua retina e um barulho de alerta interrompeu a música dos implantes cocleares. Humanos com fome. Mas desta vez muito mais ágeis, não lineares, seria uma motocicleta? Subiu na motocicleta rápido como uma praga. Correu. Na retina, apertou um botão para estimular os sentidos da calma. Ajustou a máscara concentradora de oxigênio enquanto checava mentalmente a munição. Verificou também pela retina os drones. Como que esse abençoado passou pelo sistema de vigia nesta velocidade?

Todo sistema tem falhas, mas Xavier verificava cada cerca e defesa, por vezes não dormia à noite revisitando as explicações da segurança. Metódico. Decidiu mandar um míssil guiado. Para resolver. Será que deveria chamar os colegas? Não, dou conta. Alfredo mandou uma mensagem com urgência que apareceu na retina de Xavier. O que está acontecendo? Falha no sistema. Xavier checou os parâmetros novamente, tudo parece normal. Escreveu mentalmente para Alfredo. Deixa comigo. Pensava que era capaz de resolver todos os grandes e pequenos problemas da fazenda.

Acompanhou a trajetória do míssil guiado que de repente parou a cinco quilômetros do alvo. Explodiu antes. Alfredo enviou. MULHER, NADA AUTOMATIZADO FUNCIONA, RECUAR. Alfredo é um cagão. Por isso sempre carregava fuzis semiautomáticos e manteve treinos regulares de tiro sem sistema. Uma onda eletromagnética pode desativar tudo, sabia bem disso. Vangloriou-se de ser humano e saber também viver nu de tecnologia. Há de se ter vantagens de não ser um robô. Seguiu, aproximando-se de onde o míssil estava, não queria parar para não perder tempo.

"Error_" piscava na retina de Xavier. A localização da invasão oscilou. Recebeu uma imagem trêmula. Uma mulher? Um robô? Uma pessoa sozinha é incapaz de fazer isso. Xavier irritou-se, e, desta vez, não disparou nenhum calmante. Queria a irritação. Pai-nosso que estais no céu. Sentiu uma lassidão de prazer e desabilitou o sistema de regulação emocional. Santificado seja o vosso Nome. Corria com a motocicleta, segurando o fuzil nas mãos. Seja feita a vossa vontade. Assim na terra como no céu. As sojas verdes ficaram abaladas com o rastro da motocicleta. O pão nosso de cada dia nos dai hoje, perdoai-nos as nossas ofensas, assim como nós perdoamos a quem nos tem ofendido. Depois explicaria para o reizinho. E não nos deixeis cair em tentação. Mas livrai-nos do mal. Pediria a manutenção do agrônomo. Amém.

De longe: fumaça vermelha. Tentou ligar o sistema para averiguar. Raul escreveu: "Eles têm pulsos eletromagnéticos. A mulher parece que está sem roupa, sem armadura, sem máscara, segura uma arma que é um bastão com uma pedra". Notificações dos drones se destruindo. Batiam-se entre si. Prejuízo.

Xavier excitou-se, o caso mais difícil da sua vida de trabalho. Lembrou-se da vez que teve um ataque coletivo com bandeira vermelha e mapa do Brasil em verde com duas pessoas desenhadas. Atirou em todos, não durou vinte minutos, depois observou as explosões dos corpos à distância. Sobrou inteira uma caixa blindada que conseguiu averiguar cheia de livros de papel. Achou curioso, mas entregou tudo para o reizinho, que mandou queimar.

Decidiu atirar de longe. Sete quilômetros de distância. Estacionou a motocicleta lentamente na vegetação e observou a fumaça. Com uma mudança de lente ocular deu um *zoom* e observou quando a silhueta da mulher apareceu entre a fumaça cor sangue. Ela caminhou com a pele pintada de vermelho e uma linha larga preta entre as sobrancelhas e o nariz. Xavier viu a lança com uma pedra no formato de triângulo na ponta. O cabelo vermelho como uma cascata. Estava ali e respirava normalmente sem máscara, sem nenhuma peça de roupa, vermelha e com penas penduradas nos braços. Ela enxergou Xavier abaixado à distância e mostrou os dentes como uma onça, soltando um grito alto e agudo. Aquilo cortou a espinha de Xavier, que cogitou ir embora. Não precisava dar conta de tudo. Emprego. Sentiu o peso do compromisso de cuidar de uma das maiores e mais importantes lavouras do planeta, precisava proteger o verde. Se roubarem a soja, matam a fome por uns dias, é verdade. Depois todos morrem, inclusive ele.

Xavier observou e esperou o melhor momento. A mulher virou de costas e mostrou uma linha preta por baixo dos cabelos descendo pela coluna até o cóccix. O momento perfeito, a linha perfeita. Gatilho. Gelado. Disparou. Alvo. Fácil. A bala se fragmentou em inúmeros pedaços. Na linha da mulher vermelha. Sorriu. A melhor arma que nunca o deixou na mão. Xavier observou a mulher-vermelha que cambaleou com o impacto da bala. Mas não caiu de imediato no chão. Impossível.

Ela levantou o braço esquerdo segurando a lança e gritou. Um grito agudo que os implantes cocleares não conseguiram cancelar. Dilacerava a alma. Uma raiva que reverberou e ficou vibrando nos ouvidos por minutos. Quando fechou a boca, ela virou a cabeça, mirou Xavier e deu uma gargalhada jogando a cabeça para trás. Os dentes assanhados rindo enrijeceram-no. Xavier sentiu o coração suspenso. A mulher-vermelha, rindo, explodiu em penas vermelhas. Sem sangue, sem fogo. Xavier deitou na soja e sentiu o pulmão inchar. Que diabos foi isso? A mensagem de "Error_" oscilante parou. Na retina recebeu notificações. Grande Xavier, o melhor de todos. Mas sentiu o gosto do grito, descendo pela traqueia, entrando pelos brônquios, bronquíolos e alvéolos. Estou fazendo a coisa certa, repetiu.

Correndo pela corrente sanguínea. Não respondeu. Colocou o sistema no modo "não perturbe".

Xavier queria compreender as penas vermelhas. Mesmo contra as normas de segurança, decidiu ir ao local da libertação. Desconfiou de um plano maior e pensou que iria cair como uma isca. Mas este não havia sido um ataque comum. Sentiu o sangue correndo nas veias. Coragem dele e da mulher-vermelha. Sem máscara, sem roupa, no meio da plantação — loucura. Morte certa. Sem máquina. Assim despida, assustava as pessoas que vivem tanto para morrer. A respiração ficou pesada com a máscara concentradora, teve vontade de tirar, um desejo latente, na verdade nunca se habituou, queria respirar. Mas além da soja, a fumaça podia ser tóxica. Ao se aproximar, sentiu um odor que entrou pelo respirador. Impossível. Um frescor que Xavier desconhecia. Árvore verde, floresta. Ele nunca estivera em uma floresta, mas entendeu o cheiro automaticamente. Vasculhou o lugar, procurou por rastros ou pegadas, mas a soja verde estava intacta. A fumaça rareando vinha de um pequeno buraco de dentro da terra. Quando Xavier chegou perto, circulando-o, o vão fez um pequeno assobio e desapareceu. O riso da mulher ecoava.

As penas sumiram. Encontrou a arma da invasão, o bastão de madeira, a pedra e as penas na ponta. Encostou primeiro com o fuzil, depois virou com a butina. Pareceu inofensivo, um brinquedo de criança, sem tecnologia. Decidiu abaixar-se e pegar com as mãos enluvadas. Abraçou com os dedos a madeira e levantou o instrumento com a mão. De repente o riso vermelho ecoou dentro da cabeça de Xavier, caracatau. Soltou o bastão, que fez um baque seco no chão.

Como um imã, a pedra vermelha pontiaguda o atraía. Tudo amarrado com linhas grossas simples e as penas. Tinha medo da pedra, podia conter veneno. Observando por alguns minutos não sentia medo, nem escutava a risada. Decidiu que queria rever os vídeos do ataque. Entender que truque de ilusão fora utilizado. Desvelar. Colocou a lança na moto e abriu as notificações mentais. O reizinho tinha mandado uma mensagem de seu castelinho não muito distante dali, uns 20 quilômetros à frente. Ele tinha visto a fumaça pela janela e pela bolha e perguntou para Xavier se estava tudo bem. Xavier não queria responder, a ausência da fumaça vermelha deveria acalmá-lo, mas enviou um polegar apontando para cima. Mas ele seguiu mandando mensagens sobre o grito. Ele escutou. Xavier também queria saber. TUDO RESOLVIDO. Não deu nenhum detalhe, como costumava fazer.

Decidiu na moto que enviaria uma foto sorrindo com a lança da mulher vermelha para o reizinho, que deveria estar tomando agora mais um *milkshake* de suplementos para se tratar, com as dobras de gordura por cima de sua cadeira de locomoção. Ele costumava fazer isso enquanto acompanhava em diversas telas a ronda da soja. Xavier, desde a sua contratação, era quem cobria o maior território e ainda ajudava os colegas. Em geral se orgulhava disso, mas o grito e a risada se misturavam em um rizo-grito que se aprofundava.

Xavier resolveu aplicar um estímulo de calmaria acionando um botão azul claro na retina. Estacionou. Precisava racionalizar. Arrancou a máscara na antessala e finalmente conseguiu respirar ar puro. Bateu no rosto algumas vezes como que para acordar. Sentou no sofá e colocou as pernas em cima da cadeira, relaxando o pescoço. Quando fechou os olhos as penas vermelhas explodindo apareceram. Abriu-os e decidiu pegar algo para beber. Desta vez passou na frente da Nossa Senhora Aparecida e parou. Uma lágrima começou a formar-se na linha d'água, apertou mais um estímulo de calmaria e sentiu os trapézios duros como pedras dissolvendo-se. Decidiu que mais tarde iria fazer uma oração, honesta. Buscou uma cápsula de Coca-Cola, dissolveu na água e misturou com conhaque de uma garrafa. O sensor colocou um nível de álcool na visão, alerta de níveis seguros, colocou para tocar nos implantes cocleares Belchior. *Presentemente eu posso me considerar um sujeito de sorte.*

Deitou-se meditando. Revivendo o ataque, decidiu levantar e revisar as imagens para descobrir qual foi o truque. Desta vez, quando atirou não sentiu pena nem que estava salvando alguém da fome, sentiu vermelho. Antes de olhar as imagens pegou a lança e posou para uma foto em frente ao espelho, piscou fotografando-se com o seu cristalino, observou se estava com um sorriso aceitável, certamente não, mas solicitou para a voz interior que enviasse para o reizinho. O reizinho respondeu com um áudio. Não escutou. Estava decidido a ver o que ficou gravado, preferiu ver nas telas do que na retina pois queria acompanhar em grande escala. Sentou no painel de controle e pediu mentalmente que mostrasse as imagens das 8h40 até 10h40. Acelerou as imagens e, quando chegou em 09h02, apareceu uma mensagem de erro de captura. Xavier começou a checar todas as câmeras, todo o sistema parou de funcionar. Voltou a funcionar às 10h13 e a primeira imagem que conseguiu resgatar é dele montando na moto com a lança. Não registrou nem a fumaça vermelha.

Alucinação? O holograma da mulher-vermelha era muito bem feito. Mas o tiro bateu na carne. Certeza. Testemunhou. Acionou as memórias da câmera ocular. Também: erro. Tanto implante e dinheiro gasto para nada. Inferno. Voltou-se para a lança, a única âncora de sanidade para não pensar que era mais um surto por excesso de informações.

Segurou o pedaço de madeira e passou os dedos pelos detalhes repetidas vezes, tinha uma beleza rústica da mão e não da lisura das impressoras. Tocou nas penas vermelhas, orgânico. Lembrou-se do trabalho. E a risada vermelha rasgou-o. Largou a lança rapidamente, que bateu no chão fazendo um barulho de maracá.

Que merda é essa, Xavier? Caminhou até o banheiro. Decidiu ativar a torneira de emergência para poder acessar mais água para lavar o rosto. Lavar a nuca também. Depois se arrependeu, lembrando que não tem sobrado água. Era melhor ter feito uma lavagem a vapor. Enquanto olhava para o espelho e percebia as olheiras, encarou suas rugas sem a atenuação do filtro do implante da retina. Quem realmente era? Magro, com a barba começando a crescer e as marcas fundas do concentrador de oxigênio. Saiu do banheiro e pegou a lança. Nesse instante sentiu uma cólica no pé da barriga, vontade de cagar. Sentou no vaso observando o vermelho enquanto desciam fezes líquidas, intestino irritável, disse o telemédico que o avaliou. Piora com estresse. Respirou fundo. Como é patétic…

Um estrondo balançou o chão. Xavier tentou se segurar com as pernas e os braços na cabine do banheiro para não rolar. O movimento saiu como um reflexo. De repente, em fração de segundos, voava com a sua merda líquida. A lança bateu contra o teto. O corpo murcho voou em câmera lenta e aterrissou na lavoura de soja.

Quando acordou, começou a se mexer devagar com o ruído agudo da risada nos ouvidos. Passou a mão pela cabeça e percebeu que estava sangrando. A perna também, com o vaso sanitário espatifado. Levantou devagar chutando a porta do banheiro. Cambaleou e sacou a pistola do coldre, não sem antes pegar a lança para se apoiar. A mensagem de "Error_" reapareceu, ele tentou acionar um estímulo de energia, mas o sistema teimou na mensagem. Desistiu e desligou o tudo tocando a língua no céu da boca, andou trocando os pés e sangrando.

Saiu pela porta com dificuldade, se espremendo, girou a cabeça para os lados, estava no meio do verde da soja. O anexo do banheiro voou separado da base. Precisava encontrar a máscara concentradora de oxigênio. Sentia as narinas queimarem. O peito em chamas. Trançou as pernas até o *container*. Respira devagar. As costelas insistiam. Aceleradas. O diafragma descompassado. A lança de penas como uma bengala. Desta vez o problema parecia vir direto do castelo do patrão.

Precisava de oxigênio. Merda. Chegou perto do *container*. Forçou a porta com o pouco de força que tinha.

O espaço entre as costelas afundando em cada respiração. Visualizava o concentrador dentro da cabine sem acesso. Decidiu ir até a moto. Tinha um concentrador emergencial lá. Saía um ruído de assobio dos pulmões. Doía. Arrastou-se. A ardência do nariz descia pela traqueia. A perna direita o atrasava. Falta. Ar. Chegou na moto caída. Queimou todo o sistema respiratório. Cavidades nasais, faringe, laringe, traquéia, brônquios, bronquíolos. Pulmões. Abriu o banco, pegou o concentrador, colocou a máscara. Respirou fundo. Desabou no chão como uma árvore. Derrubada. A fumaça vermelha cruzava o azul seco e sem nuvens. Sentiu, mesmo ofegante, os dentes cerrarem, as bochechas duras.

Ainda deitado, observava de onde vinha a fumaça. Realmente da direção do castelo. Precisava levantar. Questão de honra. Pegou a motocicleta, acomodou a lança e, cambaleando, acelerou. Conhecia o caminho e deixou um rastro de sangue. Os olhos vermelhos. Conforme se aproximava, tentou entender o que ocupava a casa do reizinho.

Uma formação preta gigante apareceu por entre a fumaça vermelha. Um borrão. Xavier não tinha ideia do que estava acontecendo. Parecia uma árvore, mas era enorme, mais de 100 metros de altura pelo que era capaz de calcular. Uma árvore furou a soja e causou o estrondo. As raízes grossas foram tomando forma e a copa enorme. Impossível nascer uma árvore assim, pensou se estava no metaverso e lembrou que o sistema estava *offline*. Estava ali de carne e osso.

Esqueceu da soja verde que tanto zelou nos últimos anos. Atravessou a plantação derrubando as plantas com os pneus grossos. Parecia que a árvore tinha um chamado.

Quanto mais se aproximava, mais observava a enormidade, as raízes grossas. Decidiu parar a moto uns cem metros antes de chegar abaixo da copa. Caminhou com a pistola em uma mão e a lança vermelha na outra. A fumaça quase se dissipou por completo, mas a terra ainda cuspia lufadas vermelhas. Puxou o ar e falou pelo microfone da máscara: seja quem for que está tramando isso, é melhor aparecer, posso cuidar da sua vida. Ia cuidar direitinho de quem armou essa aberração. Poderia matar a mulher-vermelha de novo, quantas vezes fosse preciso. Mas o silêncio agudo deixava a risada vibrando na sua cabeça.

Aos poucos, observou a copa da árvore, a sua sombra, as folhas balançando. Entortou o pescoço para ver o céu, a bolha furada pela copa. Ativou o zoom para visualizar os detalhes as folhas.

Não entendeu bem aquelas folhas. Na verdade não eram folhas, nem verdes. *Eram olhos piscando*. Que diabos é isso? Aproximou-se do tronco e percebeu que a árvore parecia respirar. O tronco movia-se para cima e para baixo, com seu peito. A árvore de repente vibrou. Inspira. Xavier se assusta, perde o controle, e o dedo dispara o gatilho. A bala saiu em câmera lenta. Ele esperava que ela fosse estilhaçar o tronco preto. Um som abafado. A bala penetrou facilmente a árvore. Imediatamente, da fenda começou a escorrer um líquido espesso e vermelho. Sangue. Impossível.

Ao segurar a arma, aproximou-se até tocar naquele tronco respirante, certifica-se que era sangue. A mão intensifica o tremor, dá três passos para trás, ofegante, descarrega toda a munição. O movimento do tronco permanece. O sangue escorre volumoso. Enquanto tenta trocar o pente da arma. A árvore de carne respira. Decide pegar a lança e a segura com a ponta de pedra e as penas vermelhas mirando a árvore. Atira de forma torta, como quem nunca atirou. Ela voa cambaleante e entra na árvore sangrante.

Escuta a risada da mulher-vermelha quebrando o silêncio.

Dentro da sua cabeça, uma dor intensa. Vai rachar ao meio. Cai de joelhos no chão. Segura as têmporas.

Abre os olhos sem dor.

A seiva escorrendo.

É a árvore.

As íris amendoadas balançam com o vento verde seco da soja.

CARVÃO

Porto Alegre, 6 de julho de 2028.

Os fios pretos mesclados com os brancos, penteados para trás, mantinham a ideia jovial. A mão branca do governador alisava-os para a foto. Mais cedo ele arrancara alguns dos fios prateados. Nascem dois no lugar. Se obrigava a dar um sorriso reto e a assinar um passo para salvar a economia do estado. Escutou as comunidades afetadas, os profissionais da saúde, mas o déficit financeiro estava muito frágil e a Mina Guaíba era uma saída fácil para o seu governo, as consequências seriam um problema do futuro, talvez assim garantiria a sua reeleição.

A empresa de carbonífera, agora chamada de "soluções energéticas", tinha o *slogan* preciso "energia para o desenvolvimento sustentável". Garantiu que tudo seria feito da melhor forma possível e com compensações. Preparou o discurso e disse que geraria, apenas durante a implantação do empreendimento, mais de 300 empregos diretos e 80 empregos indiretos ao longo dos três anos da obra. Na fase de operação, os empregos gerados seriam permanentes, e a Mina Guaíba iria funcionar por, no mínimo, 23 anos, durante os quais poderia gerar mais de mil empregos diretos e três mil empregos indiretos. Um verdadeiro legado para o território gaúcho, era assim que ele queria que a mídia lidasse com aquilo, até começarem a aparecer as consequências e ele estar sentado na cadeira do senado ou até da presidência do Brasil.

Pegou a sua caneta na sua mesa com a mão direita e tirou a tampa com a mão esquerda, um pouco antes havia assinado outros papéis. Fez o movimento da sua assinatura, mas a caneta não soltou tinta, assinou vazio. O fotógrafo já batera a foto, apesar de efetivamente não ter tido a assinatura do papel. Por um instante, enquanto chacoalhava a caneta para mais uma tentativa, lembrou-se da liderança indígena Mbyá Guarani falando da terra sagrada. A assistente, em seu terno e saia azul, lhe alcançou uma caneta que estava segurando. Ela sorria. Tudo bem, essa vai funcionar. Mas a nova caneta também lutava contra sua única finalidade: escrever.

O governador fez uma piada, rabiscou em um papel ao lado e a caneta voltou a funcionar, mas na folha para a liberação da mina não riscava. Alguém comentou sobre riscar com a caneta sobre uma borracha e um clima de riso tomou a sala. O presidente da mineradora sorriu nervoso, no dia anterior tivera uma reunião com os chineses e os americanos sobre o aceno positivo do governo. Começou a procurar uma caneta no bolso, seu emprego dependia disso, e encontrou uma terceira caneta.

Enquanto se buscavam canetas, sugeriram ao governador rio-grandense que ele desenhasse com um pincel a assinatura. O negócio tinha pressa. O governador cogitou cancelar, em tom jocoso, mas realmente pensou nisso. Um sinal. Lembrou-se dos profissionais da saúde, *Medicina em Alerta*, falando sobre como a poluição do ar mata, que aumentaria o número de doenças cardiovasculares, entre elas derrames e infartos. Mas a empresa fez uma nova análise ambiental, que cobriu os pontos cuidadosamente sobre a poluição do ar. Iam até replantar uma floresta. Compensação. Mas o governador recordou-se de um dado alarmante: seria o equivalente a duas bombas atômicas em liberação de pó e energia causada pela maior mina de carvão a céu aberto da América Latina, e a mídia certamente iria bater nisso. Focaria no reflorestamento compensatório da carbonífera.

O presidente da empresa lhe entregou uma caneta e a tinta secou. O empresário conseguiu riscar o canto do documento, mas o governador não conseguiu, não escrevia. Começou a bater os pés embaixo da mesa. O líder da mineradora estava ao lado do governador e acendeu um isqueiro na ponta da caneta, que soltou uma espécie de líquido e cuspiu uma fumaça poeirenta, com uma certa urgência o empresário empurra a mão do governador, e desta vez foi suficiente para dizer que o documento foi assinado. Ao menos foi borrado. Na ponta dos dedos da mão direita do governador ficou uma poeira incômoda. Encostou no papel em que deixou suas digitais. Sua assistente trouxe lenços úmidos para limpar os dedos, o que fez prontamente. No documento, onde repetidas vezes o governador tentou assinar, ficou escavada a assinatura.

O governador ficou pouco tempo no coquetel no Salão de Banquetes, patrocinado pela indústria de sustentabilidade e soluções energéticas. Queria ir para o seu quarto descansar, sentia um pouco de dor de cabeça e irritação com o evento, queria tomar seu chimarrão em paz. Foi direto ao banheiro para tomar um banho e esfregou os dedos, que ficaram limpos apesar de um pouco vermelhos. Ficou mergulhado na banheira com a cabeça para trás e sentiu uma espinha incômoda nascendo no queixo. O peso das decisões, só ele sabia. Quando se secou, distraiu-se com o celular, a repercussão da assinatura da mina não era boa. Os grupos ambientalistas, e a própria mídia agora, defendiam o Guaíba com unhas e dentes. Seu assessor de mídia lhe escrevera "a tchurminha marxista caviar e seus chiliques, não se preocupe", mas preocupava-se com os vídeos antigos de campanha e seu compromisso com a sustentabilidade recortados com a notícia da Mina Guaíba. As têmporas pressionavam a cada minuto com mais intensidade seu crânio. A reeleição, soltou um suspiro demorado, enquanto cutucava a espinha no queixo que estava do tamanho da cabeça de um alfinete. Logo acalma.

Colocou o celular no modo "não perturbe" para começar seu chimarrão. Ele nunca quis que um empregado o fizesse, sabia que era um gaúcho e onde era a cozinha, afinal. Adorava liberar os empregados no final de semana para pedir alguma entrega. Apesar disso, nunca percebeu como a cuia surgia limpa, que alguém deixava à sua espera uma chaleira elétrica cheia de água na antessala, bem como a erva-mate fresca na bancada. Esquecia-se também, como é comum no Rio Grande do Sul, que o chimarrão é uma bebida ancestral indígena, especialmente guarani.

O governador encheu a cuia com a erva, enquanto esquentava a água e olhava pela janela o dia frio escuro, os dias mais curtos do ano. Na penumbra, apenas com a pouca luz externa que entrava pela janela, fez o chimarrão. A luminosidade piorava a dor de cabeça. Sorveu o primeiro mate devagar. Caminhou até o quarto carregando a térmica e a cuia, pegou um comprimido de dipirona de um grama e o engoliu com um gole de chimarrão. Sentou próximo à janela, segurando a cuia. Pesado. O cansaço das reuniões intermináveis. Impressionava-se com a lista infindável de pedidos e tarefas, mal riscava um e apareciam dez. Infinito. Deitou-se na cama sem nem lembrar como e mergulhou num sonho.

Duas pessoas, que eram o sol e a lua, na margem oposta da onde estava o governador, vibravam. O político não tinha como saber que eram o sol e a lua, pois não fazia sentido algum, apenas sabia. Aquele par de irmãos o observava e dançava, uma dança que ecoava, tinha algo de errado nele. Ele olhava para si nu, suas mãos, sua barriga, pênis, estava tão igualmente pelado quanto eles. De repente, ao olhar para o lado, percebeu uma cópia de si que ria e dançava com o sol e a lua. Quando olhou novamente para si, suas mãos estavam pretas. Carvão.

Acordou no meio, ofegante e suando frio. A luz da lua entrava pela janela. O quarto estava congelante. Inverno no Rio Grande do Sul e esquecera de ligar o aquecimento. Levantou tropegamente para fechar a cortina e ligar o aquecedor. Na mesa próxima à janela derrubou a cuia de chimarrão, esparramando erva-mate pelo chão. Depois tomou uma medicação para dormir, apenas meio comprimido, não tinha água, engoliu seco. O quarto começou a aquecer e ele voltou a dormir, dessa vez um sono quieto.

Abriu os olhos com o despertador às seis horas da manhã. Levantou, espreguiçou-se calmamente, cansado, e tocou a espinha que ficava maior. Caminhou até a janela. Lembrou-se do sonho quando sentiu a erva-mate grudar nos pés. Chegando ao banheiro reparou nas olheiras profundas e angulou a cabeça de um lado para o outro para ver a protuberância de pus que tinha o tamanho de um pequeno botão e estava avermelhada. A aparência doente, colocou a mão no rosto e viu os dedos pretos. Pó. Começou a lavar as mãos vigorosamente. Pegou o telefone e viu as notificações das redes sociais, postagens marcando-o, as pessoas manifestando luto pelo estado e até uma matéria sobre a caneta. O jornalismo estava falido mesmo. Simultaneamente, a parabenização oriunda do setor carvoeiro, o futuro da economia e da energia estava salvaguardado pelas mãos do governador. O liberalismo e o capital ganhavam. Era isso, a economia deveria crescer sempre. Mas isso ficou processando em paralelo, enquanto ele ligava para o seu médico no viva-voz e contava sobre as mãos. O médico, protocolar, comentou que iria ligar para um colega dermatologista. Em poucos minutos, agendaram uma consulta para aquela manhã.

O governador solicitou para sua assistente luvas de tecido pretas para utilizar. Ela também cancelou os compromissos inadiáveis da manhã. Ele reclamou que não era possível usar o celular com as luvas e ela logo descobriu sobre luvas especiais que mantinham a habilidade do *touchscreen*. O inverno ao menos disfarçava. Chegou ao médico e suou frio ao tirar as luvas, mas restavam apenas suas mãos vermelhas. O médico pareceu se preocupar mais com a espinha arruinando o rosto do governador. Diagnosticou rapidamente uma dermatite de contato por excesso de lavagem das mãos, indicou um hidratante caro, explicou que evitasse lavar as mãos e que talvez precisasse descansar mais. Orientou um creme para a espinha e falou sobre a importância da imagem do governador, talvez pudesse fazer *botox* no canto dos olhos. Elogiou os avanços na economia. O político agradeceu e embarcou no carro com as mãos protegidas por um hidratante de amostra grátis, seguindo para a agenda política da tarde. Leu as reportagens e se agradou de uma que demonstrava os ajustes que a empresa carbonífera promovera na reavaliação ambiental e na inclusão das comunidades indígenas. Não era hipócrita, afinal.

Ao longo do dia sentiu os dedos coçarem e passou creme, mas foi percebendo a camada de pó preto agora na ponta dos dedos das duas mãos. Ligou para o dermatologista no final do dia, que prescreveu mais hidratante e retorno para o dia seguinte. O médico também perguntou se estava praticando atividade física e se tinha andado mais estressado nos últimos dias. Naquela noite, o governador pisou no chão limpo, adiantou-se e tomou o remédio para dormir, não queria sonhos.

Mesmo assim, sonhou com um rio, um rio preto e um menino com olhos pintados de preto. A criança indígena perguntava onde iria encontrar os peixes. O governador abriu os olhos, mas percebeu que estava em um limbo semiacordado, a medicação não o deixava acordar. Quando despertou de fato, a espinha no queixo latejava, brilhosa. Ao levantar e puxar a cortina para deixar adentrar a luz gelada do inverno, percebeu as marcas dos seus dedos no tecido, as palmas das duas mãos estavam pretas. Pegou o celular, um *smartphone* branco que também ficou sujo, a repercussão da aprovação Mina Guaíba seguia com protestos e pessoas acampando, além da frente do Palácio Piratini, em frente ao local onde deveriam começar as obras. Falaram em vigília. Ele encomendou da assistente as luvas novamente e chegou antes do médico na clínica. Decidiu não lavar as mãos, pois estava incomodado com as perguntas de saúde mental. Estava trabalhando muito, mas estava bem. As *hashtags* #Guaíbalimpo, #Guaíbapotável, #chegadeCARVÃO #LUTORS estavam em alta e associadas ao nome dele. Aguardou na sala de espera agradável, tomou água do filtro, que a atendente trouxe em um copo de vidro e entregou a ele com um sorriso.

O médico examinou a mão, tirou o pretume com um algodão, depois com um cotonete e achou melhor fazer uma biópsia. Perguntou se o governador não havia mexido com alguma substância preta ou feito algum trabalho que pudesse ter deixado as mãos com fuligem. Brincou até se ele não poderia ter feito um churrasco, mas o governador sabia diferenciar carvão vegetal de carvão mineral e duvidou que aquele médico o soubesse. Novamente o profissional deu maior atenção à espinha e explicou mais sobre graus de acne do que o pretume das mãos. Seguiu a prescrição do dia anterior: não esfregar freneticamente, usar sabonetes líquidos neutros e hidratante. Recebeu amostra grátis. Ao menos ao sair do consultório estava com as mãos limpas.

O projeto da mina não estava arquivado como ele falou num *podcast* quando era candidato, estava suspenso. Ele insistia na argumentação de que tudo correu dentro da lei nos últimos anos. Alguns veículos de comunicação, em uma manobra caríssima da assessoria de imprensa, falavam da insegurança energética, da possibilidade de apagões e como a mina salvaria o Rio Grande do Sul nas próximas décadas. Era promissor. Dividia opiniões. Também lançaram projetos de cuidado para escolares e combate às notícias falsas, e isso ia suplantando um pouco o debate da Mina Guaíba. Os indígenas estavam indignados e os jornais mais independentes batiam no projeto e no governador. As comunidades foram ouvidas, mas foi uma escuta imóvel, uma das antropólogas da Universidade Federal do Rio Grande do Sul falou. Os manifestantes contra mudanças climáticas também faziam protestos e cobravam o governo federal, sem condições, diziam que a humanidade e o Rio Grande do Sul não poderiam aprovar tamanho dano ao ambiente e à saúde e acelerar o aquecimento global. O Ministério Público também havia sido acionado, mas o governador estava preparado, esperava por isso.

O governador passou o dia de luvas e preferiu não dar explicações. Não sabia o que dizer. Fez a agenda oficial e participou de reuniões. Um dos pesquisadores contratados pela mineradora, que realizou o estudo de impacto ambiental, estava à disposição para tirar dúvidas caso o governador tivesse. A principal dúvida, na verdade, era sobre o financiamento da campanha, e havia sido sanada, estava garantido. Ia também aprovar um projeto de estímulo à energia sustentável e solar nos próximos dias para mostrar sua preocupação ambiental. E um projeto de proteção ambiental e de qualidade de água. Indígenas de todo o país dirigiam-se a Porto Alegre e região para se unir às manifestações dos parentes, afinal a maior mina de carvão a céu aberto da América Latina seria construída. A empresa tinha pressa e havia cercado o terreno e deslocava o maquinário para derrubar a mata e começar as explosões.

À noite, ao caminhar de pés descalços, deixou pegadas pretas no chão. Percebeu que a camada de pó era maior, ao tirar a luva notou uma poeira suspensa e começou a tossir. Enviou uma mensagem ao dermatologista perguntando sobre o resultado da biópsia. O médico explicou que não tinha, que poderia demorar e que iria contatar a patologista dona do laboratório para solicitar agilidade. Ele escreveu que as mãos estavam piores. O médico pediu uma foto e perguntou se ele sentia dor, diante da negativa, ficou à disposição para reavaliar. Mas o governador pediu para a assistente marcar uma consulta com outro profissional, queria uma nova opinião. O dermatologista não se esquecra de perguntar como estava a espinha, que no momento estava brilhante com pus flutuando embaixo.

Naquela tarde o prefeito de Eldorado do Sul, município que sediaria a construção da Mina Guaíba, telefonou animado, agradecendo ao governador pela injeção financeira no município. Uma salvação para a crise pois ajudaria muito o comércio local, além de, evidentemente, também a campanha para reeleição do prefeito. O governador estava distante, monossilábico, as mãos vertiam pó preto e ele começou a cogitar se deveria procurar uma ajuda espiritual. Naquela noite no sonho, visitou novamente o rio, agora de águas cristalinas, e uma onça do outro lado da margem olhou para ele impassível, ameaçadora.

Nos dias seguintes, seguiu angustiado e com o pó avançando para o antebraço. Enquanto isso, a população impedia o maquinário de avançar na direção de Eldorado, fazia acampamentos e adolescentes se amarravam em árvores. Um caos. O primeiro dermatologista ligou e pediu para ele voltar para a consulta, tinha o resultado da biópsia. A esta altura os médicos haviam conversado, discutido o caso e não tinham ideia do que estava acontecendo. O resultado da biópsia indicava realmente pó de carvão mineral, mas o que chamou a atenção da médica patologista era que o pó estava também nas células da derme, fagocitado pela pele do governador. Ela nunca tinha visto isso antes e encaminhou para uma análise mais detalhada em São Paulo. O médico deu atenção para a espinha, que reduzira de tamanho, e o parabenizou pelos cuidados com a pele.

O governador precisava tomar uma decisão sobre a ação da polícia e dos manifestantes que começavam a ganhar maior audiência. Incomodava-se com a vigília na frente do Palácio, com adolescentes da "Sexta-feira pelo futuro" faltando à aula para falar de greve climática. Até a ativista Greta Thunberg gravou um vídeo no qual enfatizou que o mundo não poderia tolerar mais uma mina de carvão, ainda mais do tamanho da Mina Guaíba. Ele pediu calma e paciência, que a população confiasse no seu trabalho, e refletiu sobre a crise energética e o futuro em um pronunciamento oficial. Também deu entrevista para a Rádio Gaúcha, momento em que o jornalista perguntou sobre as luvas do político. O jornalista percebera que o político estava doente. Este desconversou, falaram de estilo, moda e, para a transmissão, ficou tudo bem, mas, apesar de todos os dias seu banheiro estar impecavelmente limpo, ele sabia da sujeira do pó ao tirar as luvas.

Aos poucos, começou uma tosse que piorava à noite e a reativação de uma asma de infância. Passou a ser acompanhado também por uma pneumologista e realizou exames de imagem. O pulmão estava com uma aparência de vidro fosco, uma doença pulmonar crônica, um pulmão de um fumante de longa data, vício ou hábito que o governador negava irremediavelmente.

Os cartazes escritos "não existe planeta B", "cuide do nosso futuro" e a greve de fome de alguns adolescentes manifestantes eram angustiantes. Tomou dois comprimidos do remédio para dormir. Engoliu com remorso, não gostava de tomar remédios, olhou para o teto, enquanto os olhos começavam a pesar. Lembrou a conversa com os assessores daquele dia e a ideia de revogar a construção da Mina Guaíba. Falou com seu vice, dizendo que não poderiam seguir. Os assessores o aconselharam a manter a palavra, mas ele estava nervoso a olhos vistos e determinou que organizassem alguma forma de cancelar. Iriam consultar os advogados, e ele foi lembrado de que perderia o financiamento para a reeleição. Loucura. Talvez você não precise descansar? Até o impeachment foi levantado como possibilidade. Presidência do Brasil? Nem pensar. Azar.

Virava pó. Quando tirava as luvas, deixava a sua marca em tudo, a marca da mão humana. Sonhou com o rio e seu corpo tocando a água transparente, soltando uma tinta preta, manchando-o todo. O rio falava com ele, murmurava um choro triste. O governador sentou e começou a chorar.

Acordou com lágrimas. Conversou com seu assessor durante a madrugada e iriam anunciar publicamente a suspensão da Mina Guaíba no dia seguinte, pois haviam sido apontadas novas inconsistências no projeto. O partido estava incomodado, mas o governador estava decidido. Uma montagem dele com as mãos pretas estava sendo veiculada nas redes e ele não aguentava aquilo. Naquela noite a polícia, por ordem de ninguém, acabou sendo truculenta com os manifestantes. Responsabilizaram o governador que (ao receber um telefonema de madrugada do seu assessor para a notícia) percebeu que as próprias mãos estavam diferentes. Acendeu a luz e percebeu que estava sem unhas. Ligou para o médico que não atendeu de imediato, mas logo retornou a ligação. Não é possível, disse. E as unhas não haviam caído, o governador procurou nos lençóis: haviam desaparecido. O médico mandou que fosse ao hospital, ele chamou o motorista e foi. Sempre perguntavam sobre dor, ele não sentia dor nenhuma. Desta vez, o médico não perguntou da acne.

As enfermeiras o levaram para um quarto isolado e deram um banho de leito, conforme orientação do médico de plantão que estava ciente do caso e o examinou. Os dedos estavam lá e o pó preto chegava ao pescoço. Ficaria internado para fazer mais exames, a principal hipótese diagnóstica era de doença autoimune. Mais cedo, o empresário do carvão havia telefonado diversas vezes com o sabido recuo do governador. Por que cavar tão fundo algo que a terra teve tanto trabalho de esconder? Era a pergunta do indígena Davi Kopenawa em outro vídeo lançado contra a Mina Guaíba.

Depois da madrugada truculenta, o governador insistiu em um pronunciamento oficial com seu assessor. Improvisaram no hospital. Colocaram uma notícia no principal jornal do estado e no site do Governo do Estado. As obras foram suspensas e, do quarto, o governador falou para seus assessores que não queria que fossem apenas suspensas, queria que todo o projeto fosse arquivado. Gritou que a Mina Guaíba não ia sair nem por cima do seu cadáver. A tinta da caneta, desta vez, assinou os documentos. A frase bateu em um fundo de verdade sobre o final da vida. O empresário do carvão enviou uma mensagem ameaçando retirar o fundo da reeleição, mas estava disposto ao diálogo, ao que o governador, sentado na maca, deu de ombros.

Pediu ao médico se poderia tomar chimarrão enquanto faziam exames. Apesar de ser proibido no Hospital, ao final do dia trouxeram a cuia, a bomba, a erva-mate e a garrafa térmica com a água quente. O pó piorava e o governador precisou fazer mais bombinhas para a asma e as lesões pulmonares. De imediato as enfermeiras colocaram protocolos de isolamento de contato, fazendo todos se paramentarem antes de chegar ao governador. Os médicos estavam convictos de que os anticorpos do governador atacavam o próprio organismo como nunca tinham visto antes. Os melhores especialistas o acompanhavam. Decidiram deixá-lo envolto em panos úmidos para não levantar tanto pó, as pessoas da limpeza reclamavam que era difícil limpar o quarto, sujava até o teto, de manhã tinha uma camada de pó sobre os móveis. O governador precisava trocar de quarto para ser limpo.

A suspensão da construção da Mina Guaíba foi uma vitória da comunidade do Rio Grande do Sul e do planeta, dizia a mídia, e a internação do governador era um mistério. Especulação. Os médicos, a pedido do governador, não permitiram visitas e o empresário carbonífero, que insistia, foi bloqueado pelo governador. Paz. Ainda assim, a chamada doença autoimune do carvão não parava de evoluir. O pulmão estava cada vez mais acometido, até que precisaram colocar uma máscara de oxigênio no governador. Um médico que entendia de poluição do ar pediu para instalar filtros HEPA de qualidade do ar. Essa medida foi a que mais aliviou os sintomas do governador.

Emagrecera e o seu cabelo havia também virado pó, mesmo os fios brancos, bem como as unhas dos pés. A espinha continuava lá, alternando entre dias em que quase rompia, e outros que recuava. Pulsava. Decidiu caminhar até o espelho, parecia de fato um cadáver, dignou-se a estourar a espinha, que primeiro formou uma ponta amarela e depois rompeu sujando o espelho do banheiro. Não sentia dor, não sentia fome, não sentia medo. Pó.

Todos os profissionais da saúde entravam de máscara no seu quarto, alguns com medo de ser algo contagioso, outros excitados com a possibilidade de uma nova doença. Ele via alguns assessores pelo vidro, mas não podiam entrar.

Falavam por um telefone, entre eles o vidro. Logo cansou do celular, ficou desinteressante, mas assistia às notícias no jornal e ao boletim diário sobre a sua saúde. Tomava chimarrão, o melhor do seu dia. As mulheres da limpeza enchiam aspiradores de pó preto, inclusive no corredor, limpavam e esfregavam a roupa de cama preta inutilmente. Até que foram orientadas a encaminhar direto para a incineração por risco de contágio.

Sonhava com o sol e a lua. Os irmãos e a sua versão feliz dançavam para ele da outra margem do rio. Os sonhos eram mais vivos e começou a cogitar cruzar o rio para encontrá-los. Quando acordava era uma sombra que se esvaía em pó. Os boatos corriam pela mídia, um dos últimos pedidos do governador foi que viesse um dos que ele chamou de "curandeiros indígenas". Os assessores foram falar com os Guaranis, e o *Kujá* aceitou ver o governador, mas pediu que o trouxessem até ele. Não haveria negociação, deveria ser da forma dos indígenas. Os médicos acharam arriscado e não aceitaram. Loucura, disseram os médicos. O governador pediu várias vezes por esse último desejo. No entanto, era muito perigoso desestabilizar e morrer no transporte sem suporte adequado. A equipe de cuidados paliativos contra-argumentava, destacava a importância desse cuidado, de atender os últimos desejos. Seus argumentos foram tacitamente ignorados pelos colegas.

Numa noite de lua cheia, com a luz entrando pela janela do hospital, o governador nu decidiu, observando o sol e a lua dançando, que atravessaria o rio. Lançou-se pelas águas turbulentas e nadou, puxou ar profundamente, seu outro eu ficou olhando da margem, o sol e a lua balançavam chocalhos ritmados e gritavam. Nadou, braçada após braçada, e sentindo os pulmões cheios de ar e água, nadou até a margem, inteiro até com as unhas das mãos.

No começo da manhã do dia seguinte, a enfermeira não conseguiu ver pela janela o governador, sobre o vidro estava um pó preto. Paramentou-se com pressa para ver o que estava acontecendo. Avental, touca, luvas, máscara, óculos de proteção. O pretume causou-lhe medo, sentiu a mão tremer e o coração acelerar. Algo poderia ter acontecido, mas precisava ver o paciente e aferir os sinais vitais.

Abriu a porta devagar e viu uma névoa preta suspensa. Chamou por baixo da máscara o governador. Havia milhares de partículas finas no ar impedindo-a de enxergar. Demorou para definir os limites do quarto até acostumar-se. Sentia sua respiração pesada e, mesmo com a máscara, os olhos ardiam. Foi até o monitor coberto de pó que, silencioso, estava desligado, vazio. Onde encostava sua mão limpava o pó e deixava uma mancha, um borrão tentando encontrar a assepsia verde oliva das paredes do quarto.

Não encontrou o paciente, ninguém. Silêncio. Tudo preto. Suspenso. Porém, ao se aproximar da cama hospitalar, percebeu um local onde a poeira se recusava a repousar.

O coração pulsando nos ouvidos fez com que ela desse passos para trás. Apavorada, chamou ajuda. No seu olhar desconcertado, a forma humana impressa, marcada. Nos lençóis, o contorno do corpo de um branco irretocável.

JORNAL NACIONAL

Rio de Janeiro, 20 de junho de 2078.

Após a música de abertura, que pode ser ouvida em som ambiente ou nos implantes cocleares, Lílian Silva, em seu modelito laranja que contrasta com sua pele escura, âncora do Jornal Nacional, começa a falar com imagens aparecendo em seu reflexo holográfico:

— Em mais um ano consecutivo, a expectativa de vida dos brasileiros cai. As causas são principalmente os efeitos das mudanças climáticas e a poluição do ar.

Ela narra a imagem holográfica que mostra o sertão mais seco e desastres naturais, enquanto discorre sobre a intensificação das ondas de calor que reduziram a capacidade do corpo humano de se adaptar, motivo por que o governo está criando novas bolhas de sobrevivência.

A expectativa de vida de uma brasileira é de 62 anos. Para sair de casa é necessário camadas de proteção da pele. Uma criança para jogar futebol em campo externo precisa estar equipada com macacão de segunda pele que cobre todos os dedos, e todos os centímetros do corpo, deixando só os olhos por trás do óculos filtradores de fora. Por isso, praticamente tudo acontece em áreas internas.

A reportagem segue com a presidenta assinando a nova política de ambientes refrigerados do início do ano, além da possibilidade de adquirir o programa "meu ar-condicionado, minha vida". Apesar disso, mesmo com a nova política de ambientes refrigerados e ares-condicionados familiares, a perspectiva é que os brasileiros morrerão mais cedo e a média de vida para as pessoas ficará em 50 anos.

Lílian pensa no estúdio refrigerado da *newsroom* da central Globo de Jornalismo e na mudança do horário de trabalho para as pessoas dormirem durante o dia. Ela mesma se lembra dos comprimidos para reduzir as olheiras e conseguir dormir para adentrar a nova rotina contra o ciclo circadiano. Enquanto pensa, lê nas entonações perfeitas:

— Cientistas explicam como fazem para criar uma atmosfera suportável dentro das bolhas em fase de teste.

Já existem algumas bolhas em São Paulo, ela havia visitado uma e não achou de todo ruim. Gostou de poder ver árvores verdes e não queimadas pelo sol. Além disso, o clima ameno e não escaldante era agradável. O filtro ultravioleta também permitia que as pessoas transitassem na rua durante os horários mais fortes do sol. Ela na verdade estava esperando ter uma bolha no Rio de Janeiro, que estava sendo construída. Queria garantir o futuro da sua filha de 8 anos, já que ela mesma não aguentava, no alto dos seus 43 anos, o calor e o sol.

Enquanto lê as notícias, pensa que poderia sentir falta da chuva, mas certamente não sentiria falta do sol. Na verdade, narrando a própria reportagem, conclui que essa era uma decisão tomada. E quem ficaria no interstício, fora das bolhas? Observa a projeção dos desertos que surgiam no norte do país, enquanto anuncia:

— Descubra como será o futuro de viver em uma bolha. Não perca no próximo bloco.

SOLASTALGIA

Salvador, 28 de abril de 2124.

Melania estava animada para ver o mar. Terminava de trançar o cabelo azul em frente ao espelho. Lembrava-se dos banhos em praias artificiais, mas sentia que, ao ar livre, era diferente. Tinha urgência de sentir a água, estava cansada de enclausurar-se. Queria direito ao mar, ao céu, a ver as estrelas à noite.

Planejou cuidadosamente a saída. Escolheu a lua cheia para iluminar o mar e o final da COP[2] 120. Desde o final do século passado, devia-se evitar a exposição ao sol pelos riscos das queimaduras de segundo grau. Sentiu uma onda de calor. Sua pele negra estava arrepiada por baixo do macacão de proteção azul, não sabia se pelo vento ou se pela aventura. Menopausa. Encaixou cuidadosamente os óculos de proteção e ajustou a mochila com a água e a máscara de respiração antes de sair da bolha atmosférica em que vivia. Dava para ver apenas os olhos por trás dos óculos, nem um centímetro de pele exposta. Flictenas. Organizou tudo de forma

2. Conferência do Clima da ONU.

cuidadosa: o metrô que iria pegar, o trajeto de bicicleta, o horário, o momento que chegaria à água.

Sempre imaginou como seria o mar, não a vista fechada em uma bolha ou por uma projeção. Sentia falta do que não pôde viver. Uma América Latina verde, sem deserto Amazônico, um sertão de resistência, um Ushuaia gelado, um mangue povoado de pequenos animais. Caranguejos. Era incrível, e doloroso, os latino-americanos terem chegado até ali depois de tantos contratempos climáticos. A existência dela fazia parte desta ancestralidade arrastada da África pelos navios negreiros, sentia que perdera a hora da festa da humanidade. Fraturas coloniais e ecológicas. Ressaca.

Melania deixou a bolha de ar limítrofe na beira-mar da praia de Boa Viagem e colocou a máscara para respirar o ar externo repleto de partículas tóxicas. Apesar do avanço da água, existia uma curta faixa de areia na praia do Porto da Barra que a prefeitura de Salvador insistia em preservar para os cartões postais. Dava uma ideia de paraíso. Uma mentira bem contada para os hotéis das bolhas. Quando pequena, adorava visitar o museu do mar e ver as pranchas de surf, pés de pato, caiaques, embarcações – a humanidade das águas. Era engraçado olhar o céu aberto. Por fora. Sem filtro. Ela tinha dúvida se as cidades-bolhas não eram uma forma de só deixar a humanidade protegidamente poluir mais.

Respirou calmamente com a máscara filtradora, sempre gostou de passeios externos. Liberdade. Segurou a bicicleta com força, o plano era tocar o mar. Distante, sem vigia. Verificou os batimentos cardíacos pelo implante da retina, ia pedalar pelas estradas antigas, até a praia da Penha, quase 15 km de onde estava. Lá estaria longe da bolha e poderia, com sorte, se a poluição turvasse o céu, ver a lua cheia por completo.

Desativou a proteção para mulheres. Não tinha medo de assalto ou estupro saindo à noite sozinha em Salvador, como sua avó Mariana alertava quando jovem. A senhora magra e negra cortada pelo sol até o final da vida usava dispositivos fora do corpo como os antiquíssimos telefones celulares. Odiava implantes.

Mas a segurança do corpo avançou com os aplicativos. A possibilidade da criação de um mundo virtual de prazer e a dificuldade de tocar outra pessoa transformou a violência em algo mental-virtual. Praticamente qualquer um já teve uma imagem sua em uma realidade virtual protagonizando o que não fez, principalmente memes de realidade avançada em redes. Melania tinha visto alguns desses hologramas em 3D que os estudantes produziam. Alguns eram até pedagógicos, como ela explicando sobre a extinção em massa mostrando um cachorro aparentemente real que desaparece enquanto ela o procura. Os conteúdos sexuais eram difíceis de lidar, apesar de comuns. Sempre tinha vídeo de algum professor transando com outro professor para investigar. Perverso. Tudo proibido e violado. A síndrome de distorção de imagem era frequente e geralmente associada a um evento de estresse pós-traumático de exposição da própria imagem. Alguns indivíduos, ao se verem naquela situação, não sabiam se havia acontecido ou não, provocando uma dissociação da realidade. Sempre se gerava algum tipo de reparação.

Uma fala complacente. Mas era uma vivência comum para qualquer humano do século XXII.

A imagem da avó Mariana alertando-a permaneceu enquanto começou a pedalar. Ela insistia em fugir dos algoritmos. Contava histórias da bisavó e da mariscagem na Ilha de Maré, das praias paradisíacas e da ganância do porto de Aratu e do petróleo. Queimando. Afogando a ilha. Sempre contava que Nanã fez subir o mar para buscar o que era dela.

Lembrava-se das mãos compridas como aranhas pegando com cuidado o disco de vinil num toca-discos de madeira sobrevivente ao tempo. A agulha na superfície preta, a possibilidade de escolher o disco, mas não a sequência de músicas, ter que virar aquela bolacha para escutar o som, e não ter um botão para passar para a próxima faixa. Os bilros batendo às vezes no ritmo da música, às vezes no ritmo próprio. Um atestado do tempo. Era possível *ter tempo*.

A memória dela e da avó no museu da Saúde da Cidadania, o famoso museu do SUS em Manguinhos, no Rio, invadiu-a. A luz externa da bolha lembrou-a da iluminação entrando pela janela durante a visita ao museu. Viajar com a avó. Movimento sanitarista, história dos partos, monumento às vítimas da pandemia da Covid-19, e no final do trajeto a saúde chegava na floresta. Fita de Möbius. Tinha oito anos quando foi e decidiu virar médica ali, antes de conhecer as bolhas.

O coração de Melania era um tambor vibrando conforme girava os pneus da bicicleta. Empurrava os pedais. Sem eletricidade. Queria sentir o corpo funcionando naquele clima quente, ingerindo água que saía pela mochila que carregava nas costas. Passava pelas antigas praias destruídas pelo mar que avançava empurrando a humanidade. Ali ficaram os escombros do século XXI. Fazia tempo que Melania não pedalava para aquele lado da cidade. O mar estava sempre perto, quase ninguém saía da bolha pelo risco de abreviar mais a vida encurtada.

Melania conhecia bem quem saía da bolha e não tomava cuidado, porque tratava das queimaduras no Centro de Queimados da Universidade Federal da Bahia, atualmente a principal parte do hospital universitário. Tudo evoluiu de forma lenta na faculdade de medicina, as mudanças curriculares internacionais pressionaram a aceleração da adaptação da educação em saúde brasileira. Quando começou o curso, há vinte anos, os principais trajetos de ensino eram: doenças do calor; poluição do ar e partículas finas; doenças da pele; transtornos mentais; saúde das bolhas; e o impacto das mudanças climáticas na saúde. A questão da sobrevivência tornou-se mais central com o passar dos anos. A construção das bolhas colocou o mundo como um lugar cada vez mais difícil para as pessoas e para as espécies que foram desaparecendo com a sexta extinção em massa. A humanidade era pior que o asteroide que acabou com os dinossauros, a diferença era a velocidade do fim. Lento, latente, abissal.

Envolveu-se pelo trajeto pedagógico das queimaduras atmosféricas, sua especialização em dermatologia analisou os desafios do diagnóstico precoce e do tipo de cobertura preventiva a se usar para a proteção da pele. Calculou os tipos de queimaduras que esta saída iria causar nela, mesmo com todas as proteções possíveis. Lembrou-se da escolha da especialização, quando ficara na dúvida entre estudar oftalmologia ou o tema da síndrome do excesso de imagens. As retinopatias devido aos implantes no cristalino e córnea eram recorrentes, paralelamente as pessoas não sabiam mais viver sem transplantar novos cristalinos e córneas.

Entretanto, tornou-se professora da disciplina de longevidade, que essencialmente discutia formas de aumento da expectativa de vida, os desafios para chegar até os 60 anos no Brasil. Como uma boa sanitarista, dedicou seu doutorado a isso, analisando a queda da expectativa de vida desde o século XXI, após a humanidade chegar ao seu auge. Evidente que países como o Japão seguiam batendo recordes de longevidade na casa dos 70 anos, mas os determinantes de saúde foram diferentes, os japoneses aboliram o plástico antes e adotaram a cerâmica, enquanto os países da América Latina, África e partes da Ásia, países que sofreram com as feridas abertas do colonialismo, demoraram mais para tomar essas atitudes e a morosidade do sistema custou caro.

Enquanto pedalava, resgatou que, em 11 de junho de 2098, quando estudava no doutorado para aumentar a longevidade no colapso, foi chamada para ser professora no dia em que morreu a última baleia na África do Sul, na antes belíssima baía de Hermanus. Sua avó tinha visto baleias lá, sua bisavó também. Melania adorava essas histórias. Visitou o que restou de Hermanus engolida pelo mar em uma aventura entre as bolhas, cada vez mais custosas e raras, viu carcaças organizadas em memória das baleias, além de uma estátua em tamanho real na costa. Entre uma pedalada e outra, sentia uma profunda tristeza pelo que não podia viver.

Lembrou-se da mãe, da série de fotos e vídeos que a avó guardara para ela. A mãe sorrindo, grávida de Melania, e a onda de calor de 2069 que levou a sua mãe ao coma e ao nascimento prematuro da filha devido ao estresse gerado. Melania não conhecera a mãe, apenas o útero dela. A avó Mariana foi tudo. Até uma instabilidade atmosférica que acabou deixando-a com graves queimaduras, quando Melania tinha dezesseis anos e estavam construindo as primeiras bolhas de proteção. Colocar o corpo da avó em uma cápsula de uma árvore de caju plantada no parque central da bolha sul foi uma forma da avó seguir viva de uma outra maneira. Herdou da avó alguns poucos pertences que caberiam no seu pequeno novo apartamento na bolha antes da casa ser demolida. Não permitiram levar o tocador de vinil. Sem espaço. Rodando.

Melania, numa visão aérea, era um ponto a se mover com velocidade na estrada. Não queria ser parada ou dar satisfação para a polícia de controle, havia solicitado autorização para a saída, alegou que era para a pesquisa. Justificou com sua carreira e garantiu a autorização. Queria ver o mar e observava o caminho no GPS no canto do seu campo de visão. Ela decidiu implantar a retina virtual há cerca de 15 anos para integrar o seu corpo com as novas tecnologias, era impossível ser médica sem isso.

Fazia um tempo que o hospital ficara cada vez mais sobrecarregado, abrindo mais leitos sem capacidade nos corredores para queimaduras, mesmo com as pessoas vivendo dentro da bolha. E com o aumento da temperatura, a construção das cidades subterrâneas se tornava a melhor saída. Melania lembrava-se de alguns historiadores falando que jamais havia-se pensado que os humanos tornar-se-iam tatus, aquele animal extinto no século passado que se escondia embaixo da terra. Ela pensava mais em minhocas, mas lembrava-se que elas melhoram o solo, já os seres bípedes e pensantes... O que mais doía era a perda do direito ao céu: ou vive-se no subterrâneo ou dentro da bolha. Independente da proibição mundial do plástico em 2100, as consequências assolaram o planeta. O número de cânceres, de malformações fetais, alterações endocrinológicas, tudo tinha a mão invisível do plástico e por trás da mão do plástico, a mão humana. Por que o passado criou esse mundo impossível?

Melania adorava ler sobre o que era a floresta Amazônica, sobre os biomas do Brasil. Sentia muito profundamente ter nascido na época errada. Já levara a questão para a terapia, mas sabia que o tempo é agora e, com uma lágrima escorrendo por dentro, a garganta arranhando, movia-se. O mar, escutava-o às vezes mais longe, outras mais perto, rasgando e quebrando nas pedras e nas construções antigas engolidas pelo corpo d'água.

Melania chegou à praia ofegante com a máscara, o monitor dizia que o ar estava altamente poluído e perigoso. Desligou o sistema. Queria caminhar na praia. Deixou a bicicleta para trás e colocou os pés na areia levemente gelada. Era perto da meia noite. Respirou fundo e olhou para a lua. Cheia. Os ciclos que, mesmo com toda guerra, com toda gente, se repetiam.

Começou a despir-se do macacão de proteção atmosférica cuidadosamente, sentindo a pele arder levemente.

Manteve a máscara cautelosamente. Recebeu um alerta de perigo novamente em sua retina. Mas tocou no céu da boca desativando a interrupção. Entraria no mar. O tempo era curto, algum robô poderia chegar, tinha pressa. Observou o branco das ondas esparramando na areia. A sua pele iluminava-se pela lua. Não podia pensar muito, correu até o mar. Respirou fundo e tocou o pé na onda que veio. A água estava quente.

Rasgou as ondas até o umbigo. O mar abria e fechava a cada movimento, como a respiração. Havia muita espuma a brilhar na água com a lua, formando desenhos ao redor de Melania. Algumas ondas quebravam nela, outras antes, e as que quebravam depois eram as melhores, com o empuxo a levantavam, flutuava. Soltou a máscara.

Na água, lembrou-se de quando cuidou das queimaduras da avó Mariana. Do tocador de vinil. A primeira vez que deu uma aula, o brilho nos olhos dos estudantes, a educação transforma o mundo. Mas o mundo não tem espaço para os humanos. Sentiu a onda bater e levar. Queria mergulhar e quando a onda veio, a furou como uma sereia. A pele pinicava, enfrentava o mar, apesar de queimar era o primeiro banho de verdade. Batismo. Sentiu prazer, se embalou. As histórias de Nanã e do mangue da Ilha de Maré, a casa da avó. Confluência. Começou a cantarolar a música que sua avó cantava e dizia que era de um ancestral muito sábio chamado Djalma Lopes: *Minha ilha só tem mato, mas é linda de se vê. Eu não troco a minha ilha, nem por mim nem por você. Minha ilha tem petróleo, tem azeite de dendê. E ainda tem marisco que dá pra sobreviver.*

Sentiu um frio subir a espinha com a memória da consulta médica, o câncer intestinal mediado por microplásticos na sua terceira recidiva, o cansaço do final da vida. Achou que passaria dos sessenta anos, mas não. Mergulhou novamente no mar. Agora o frio abria espaço como as ondas para a dor, sua avó Mariana trançando seu cabelo quando era pequena, a água empurrando seu corpo magro. A pele descolava-se como um caranguejo pinçando e rasgando, furando o mangue, formando vesículas. A próxima onda a arrastou um pouco, mas mergulhou mais uma vez puxando o ar com força. Bolhas. A lua começou a perder a nitidez. Recebeu uma informação de que o resgate do SAMU estava a caminho. Não queria informações, apenas o embalo. Tocou o palato para desligar.

Melania viu seu reflexo azulado num espelho. Aconchegou-se, colher, milhares de mãos carregando-a como um marisco. Respirava com força. As águas eram o corpo de uma mulher. O destino trançado pelas franjas de pérolas escondendo o rosto. Meio água, meio carne, com um colar de peguaris, ostras, sarnambis e outras conchas, cantava no batuque do coração de Melania, acelerado. Melania desejava ver os olhos da mulher, mas só enxergava as contas de conchas penduradas na coroa de estrelas. Enfim, mar.

MUNDO IMPOSSÍVEL

Brasília, 12 de outubro de 2064.

No aeroporto, uma família branca com pai, mãe e duas crianças caminham pelo saguão. A menor está abraçada no colo do pai e o maior caminha e pula alheio brincando com seu tênis de projeção. Pula de um lado para o outro em um jogo. Melhor do que os jogos mentais.

— Você tem certeza disso? — Tomás pergunta com a barba cuidadosamente aparada para Márcia que está com os cabelos azuis, milimetricamente cacheados enquanto segura a filha de quatro anos no colo.

Ela responde:

— Agora não tem mais volta, talvez Jimi possa voltar, mas só se a Terra melhorar.

Fala enquanto acaricia o filho. Tomás tem os olhos caídos de pena e a boca simétrica em um sorriso largo. Lembra da gestação de Jimi e passa a mão pela barriga. A pequena fala que está com medo da viagem. Na verdade, Tomás também. Ele abraça forte a filha. Márcia insiste, mexendo no laço do cabelo de Laura:

— Você nem vai ver, vamos entrar na crioimersão.

Verdade. Mas a ideia toda não agradava. Ele imagina a família entrando na câmara, deixando um vazio silencioso na conversa. Os cabelos, barbas e unhas crescendo enquanto dormem sem envelhecer. Contratou serviço de barbearia para antes de acordarem.

Jimi ainda brinca com os tênis que projetam jogos no chão. Laura pergunta:

— Papai, o que é c-r-i-o-i-m-e-r-s-ã-o?

Jimi, que está pulando de um penhasco projetado, fala:

— É como se a gente fosse congelado e ficasse em uma latinha dormindo.

Laura olha para Tomás. Márcia emenda, antes da melancolia se instalar, que assim Jimi assusta a irmã. Em um gesto protetor Tomás diz para não se preocupar, vai dar tudo certo, estarão em família. Mas está em dúvida se fala para a criança ou para si mesma.

— Ao menos marquei para fazermos a crioimersão os quatro juntos na mesma câmara — complementa pensando no custo extra para uma câmera familiar.

Márcia suspira e diz:

— Por que você sempre tem que ser tão dramática, Tomás? Não tem o que fazer, a Terra não dá mais.

Tomás observa os pés:

— Eu sei que a Terra não dá mais, por isso que estamos aqui. Mas vou sentir saudades.

— As saudades que a gente sente é de um lugar que não existe mais, olhe pela janela — diz cética.

Olha a janela seca, olhos secos, tosse seca. — Sei que tomamos a decisão certa, e temos dinheiro para nos mudarmos para um bom condomínio em Marte.

— A Terra esquentou demais, a natureza vai ter que fazer as pazes com o que a humanidade fez — Márcia responde de forma automática.

— Vivemos em um mundo impossível — diz, repetindo a propaganda que entra pela sua retina da *Marte Travels*.

Consola-se com os argumentos de que é bom sair da Terra para deixar ela se reconstituir. Um dia a humanidade volta. Uma parte da humanidade fica, pensa. Na verdade, quem não tem dinheiro fica. Fora as pessoas que ganham bolsas da *Marte Travels* para viverem em Marte.

Tomás fecha os olhos, mas nem assim a seca desaparece. Lembra de 2040, na adolescência, quando conseguiu ver um pouco da natureza nos parques, e sua mãe dizia que não era mais tão bonita, mas quando chovia levantava um cheiro fresco da terra molhada. Húmus. Agora só ácido que queima o nariz. Humanos.

São oito anos de viagem na crioimersão. Desterrados. Alguns amigos tiveram ataques de pânico, mas ter uma conversa com Mateus, que foi há mais ou menos seis anos nas primeiras viagens, e vislumbrar a qualidade de vida criou consolo. Não queria viver num *bunker*, nem aguentava o subsolo. A Terra está tão instável que é impossível qualquer previsão. Jimi perguntou na noite anterior se quem nasceu em Marte era humano ou marciano. Respondeu humano. Pensou alienígena. Extraterrestre. Refazia-se.

Observa Márcia, as crianças. Futuro. Tudo esperando para acontecer. O fluxo é interrompido por uma voz robótica no alto falante:

— Passageiros do voo MT1984, por favor dirijam-se até o portão F20 para embarque. Por favor, tenham em mãos o passaporte interplanetário. Primeiramente será realizado o embarque de clientes plus e prioritários.

VERDE

Manaus, 5 de junho de 2225.

A mãe segura a mão da filha que está com o rosto grudado na janela do hotel. Os cabelos descem em lindos *dreadlocks* na criança enquanto a mãe mantém elegantemente a ausência deles. As duas caminham de mãos dadas com sua semelhança de queixo para cima. Altivas e curiosas. A floresta é linda e uma seringueira imponente recebe alguns raios do sol. Isso que fascinava Lueji pelo vidro. É possível ver o frescor, o tronco, a maior árvore que a menina viu na vida. A seringueira tem cerca de 15 metros e sobe pelos andares do hotel.

O guia de pele amarela e aparência de que o sol queimou muito o rosto aparece no corredor e acena para as duas. As pálpebras tinham uma prega de pele superior, cobrindo o canto interior do olho, repuxado. Apresenta-se:

— Olá, meu nome é Kauê e vou ser o guia de vocês hoje pelo *tour* do Rio Negro e Amazonas. Qual o nome de vocês?

A menina levanta a mão e fala: Lueji. E a mãe diz: Núbia. Muito prazer. Kauê fala que elas podem segui-lo até o veículo. As três descem no subsolo pelo elevador até a garagem do hotel, onde uma frota de jipes autoguiados estão estacionados. O guia vai em direção a um deles que pisca a luz quando se aproxima. Kauê tem uma voz rachada, enquanto seu corpo pisa no chão sem força. As portas do jipe subiram para recebê-los.

O trio coloca o cinto em torno de uma pequena mesa, Kauê senta-se no banco giratório que pode se tornar o banco do motorista. Explica que tem carteira e mostra um holograma da sua certificação para dirigir manualmente caso haja necessidade, um guia experiente.

O portão da garagem começa a abrir e começam a andar, a placa à direita indica o caminho para o Rio Negro. Bastam alguns quilômetros e Lueji começa a tossir dentro do carro. Núbia estende o braço, antes de qualquer reação de Kauê, abre o compartimento superior do qual cai uma máscara de oxigênio. Encaixa no rosto da filha. Automática.

— Acredito que as partículas finas possam estar causando alguma reação pulmonar. Precisa ajustar o fluxo, filha?

Núbia observa a respiração de Lueji e se encosta no banco. Kauê faz um sinal com o polegar. Tudo bem? Vai passar. Kauê ativa mais uma camada de filtragem do ar, e o pulmão de Lueji volta a sincronizar-se, as pequenas mãos voltam a caminhar pela janela.

Cerca de uma hora sacolejando. Primeira parada: museu da Ponta das Lajes. Uma estrutura imensa de vidro aparece para contar a história das antigas gravuras rupestres. Olhos, nariz e boca sorrindo. Máscaras na pedra. Dois mil e duzentos anos separam as três figuras dos sorrisos antigos. Dezenas de gravuras do período pré-colonial desveladas. Riam.

Lueji pula abreviando a visita, quer ver o encontro das águas. Criança. Próxima parada: estação Hidroviária de Manaus.

Núbia observa o caminho com o peito pequeno. Kauê explica sobre as bacias hidrográficas da Amazônia e aspectos históricos. Comenta que o período de invasão europeia na Amazônia iniciou-se entre 1580 e 1640. Lueji fica impressionada com o passado. Núbia pensa que não faz tempo. Kauê explica que a ocupação do lugar onde se encontra hoje Manaus foi demorada devido aos interesses comerciais portugueses, que não viam na região a facilidade em obter grandes lucros a curto prazo, pois era de difícil acesso e era desconhecida, para sorte dos indígenas na época. Fato que mudou no século XX e XXI com o avanço da mineração. Kauê retoma o indígena e pensador do século XXI, Davi Kopenawa, e explica, citando-o, que não se deveria mexer no que a Terra teve tanto trabalho para esconder.

Lueji pergunta sobre o tempo à frente. Sobre plantar árvores. Kauê arregala os olhos. Futuro é um assunto quase proibido, mas tem uma resposta da alma. *Combinaram de nos matar.* Inicia a frase e Núbia completa: *Mas nós combinamos de não morrer.* Falam juntos o nome da autora: “Conceição Evaristo”. Ele explica sobre os viveiros ambientais nas bolhas, tenta falar com esperança, mesmo sabendo que as árvores não crescem muitos metros nos experimentos.

O carro se autoestaciona na margem do Rio Negro na Estação Hidroviária do Amazonas. A face de Núbia reflete pela janela do carro, sente os olhos arderem, o brilho seco da esclera, pinga algumas gotas de colírio lubrificante, assim também coloca algumas lágrimas no seu rosto. Memória.

— Mamãe, é aqui a Amazônia? — Lueji pergunta sorrindo enquanto coloca as mãos no vidro do carro.

Núbia, com o olhar lubrificado, assente com a cabeça. Sim. Amazônia.

Com o rosto oco, Kauê assente. Chegam ao estacionamento do Mirante Estação Amazônica, onde se poderia encontrar sempre alguns carros estacionados. Hoje desocupado. Kauê entrega as máscaras purificadoras de oxigênio e os macacões umidificadores. Alerta. Extremo de calor. O clima está muito seco, é preciso verificar novamente os macacões.

Meticulosamente checa os equipamentos. Carrega purificadores extras na sua mochila. Não quer arriscar, muito menos com uma criança. Futuro. Visitam um monumento de bronze e metais representando uma árvore grande e alta: uma samaúma de metais retirados da floresta, em memória às pessoas assassinadas por cuidar da floresta. Uma lista de vários nomes marcados no tronco da árvore, os anos de nascimento e morte. Aponta para o centro da árvore com um *laser,* nos nomes de Bruno Pereira e Dom Phillips, assassinados há 100 anos na Amazônia. Lembra, também, de todos os nomes de ambientalistas, fala dos nomes das comunidades indígenas, quilombolas, tradicionais e ribeirinhas nas raízes da árvore. Cada uma recebe no cristalino fotos das pessoas mortas. Os dedos enluvados e protegidos de Luedji querem tocar o passado. A última samaúma em pé da floresta Amazônica.

Em 2000 começaram os registros mais intensos de desertificação com a intensificação do desmatamento, Kauê lembra. Em seguida prossegue:

— Na volta iremos visitar a exposição da biodiversidade, onde é possível ver os animais na retina e observar os esqueletos. A terceira onda de extinção em massa, como o que aconteceu com os dinossauros.

Lueji pede para ajustar a máscara em seu rosto que está apertada, sorri para a mãe através do vidro espesso. Núbia não retribui, afrouxa um pouco a pressão e bate no traje umedecido da filha. A visão dos desfiladeiros amazônicos era como encher o peito de ar e não soltar mais. A vida soltava.

O Rio Negro foi o maior afluente da margem esquerda do rio Amazonas, explica Kauê da melhor vista do mirante onde era antigamente o Porto de Manaus. O pacote de visitação incluía a parte mais radical do passeio: descer até o local do encontro das águas. Ancestralidade. Descer o vale e atravessar as dunas do deserto Amazônico. Rio Negro e Solimões. Kauê sempre checa os parâmetros do dia e a segurança, apesar das precauções sabe: imprevisível.

São anos cruzando rios, mas sempre se descobre algo novo. Encantado. Quando passa pelas carcaças arranjadas no museu, pensa que os museólogos organizaram um cemitério espetacular. O que mais cansa Kauê não é a descida perigosa para alcançar o encontro das águas, nem corridas nas tempestades de areia, são as imagens holográficas. Apresenta o passado imagético nos pixels da retina, narra a turistas o verde, a floresta. Decorou até o momento em que passa uma arara azul voando, mas não suporta. Há um doloroso contraste entre o que as pessoas assistem no vídeo conduzidas pela narração cronometrada e a realidade das vidas secas.

A descida para o encontro das águas foi rápida. Kauê estava com medo que Lueji pudesse ter alguma reação, mas subestimou a pequena. Quando chegam no fundo começa a narrar que o Rio Negro foi o maior afluente da margem esquerda do rio Amazonas. Confluências. Cerca de seis quilômetros de encontro. Antes de se encontrarem, o rio Negro nascia na Colômbia e o Solimões, no Peru. Ambos percorriam um longo caminho até Manaus, a foz principal do rio Negro. Após o encontro, eles se tornavam um só e ganhavam um novo nome – rio Amazonas. A língua de Kauê precisa de saliva. Os lábios de Núbia em fissura.

— Aguardem um instante que mostrarei uma sequência para vocês da floresta e do encontro das águas.

Kauê envia as informações do seu banco de dados para os implantes de retina de cada turista. Os implantes cocleares também vibram com os sons da floresta. Encantados.

Gradualmente a areia volta no tempo, a falha do vale vai se fechando, ilusoriamente cicatrizando, deserodindo, surge o verde ao redor. Aos poucos, o Rio vai enchendo de neopixels retinianos. Macacos pulando, onças, jacarés, araras, botos cor-de-rosa. O pseudocheiro de floresta entra pelas narinas através da máscara. As duas respiram fundo juntas, maravilhadas. A imagem fica mais intensa, como se navegassem pela floresta.

— Este pássaro voando é uma arara azul que irá levar vocês até a profundidade da floresta Amazônica. Meus antepassados viviam nesta...

A imagem verde é interrompida abruptamente por Kauê:

— Está vindo uma tempestade de areia. Precisamos voltar imediatamente.

Começa a dar os primeiros passos com a firmeza de guia e segura a mão da menina, rasgada pela notícia. Núbia segura a outra mão da filha.

Rapidamente começam a correr na terceira margem do rio. Kauê aciona o jipe auto-guiado para o mais próximo deles, mas estão longe. A máscara de Lueji solta-se. Mamãe! Kauê solta a mão de Lueji, tira a sua máscara e coloca no rosto de Lueji e indica o caminho para Núbia. Corram.

Atravessa a fenda.

Atrás da máscara.

CUIDADO COM OS HUMANOS

O dia rompeu queimando. Uma dor excruciante no calcanhar. Apareceu assim a dor e a ferida, tenho dúvida se a ferida veio primeiro ou a dor. Fui consultar. Pesquisei o significado e descobri que feridas representam a perda da integridade da pele por causas externas, como traumas ou cirurgias, ou por causas internas ou endógenas, relacionadas a doenças facilitadoras ou causadoras da ferida. A médica me deu antibiótico, falou que era uma bactéria. Uma porta de entrada. Talvez um pequeno ferimento. Mas poderia ser algo interno, ou endógeno, me rasgando por dentro. Úlcera. Percebi logo no primeiro rompimento que algo perdido nos unia, porque aquilo não parecia meu.

Precisava voltar todos os dias para o curativo. Na sala de espera, outras feridas me mostravam a derrocada da humanidade. Queria costurar aquela porteira. Resolver de uma vez. A enfermeira disse que não podia, iria fechar devagar, naturalmente. Cicatrização por segunda intenção. Não adianta suturar, abre de novo. Explicaram repetidamente. Desisti de entender muito mais ou de ir em especialista, lonjura. As horas eram fixadas no rombo: o próximo curativo, a próxima cobertura, o próximo comprimido. Não sirvo para essa retidão das horas das drogas.

Iria sarar assim quase naturalmente e com a enfermeira se debruçando sobre. Olha como está bonita, bem vermelha como urucum. Vermelho-vivo. Nunca via beleza alguma, me concentrava na dor e na fumaça constante que cobria a minha vista. Vivia em estase, avessa a mudanças.

Evitava ver, conhecia os limites com a precisão das terminações nervosas. Sentia o cheiro, isso que matava, o cheiro podre de carne. Garimpava a minha lucidez em meio à putrefação. O próximo comprimido para dor. Oco. Mais remédio, talvez doutora? Apesar do investimento e da fé da saúde o rasgo só aumentava, progredia. Conforme crescia, mais esperança tinham: vai ficar tudo bem, vamos mudar a estratégia. Mas chegar à raiz do problema era impossível. Precisava de um Norte, a ferida seguia amorfa. Consumida.

Tem certeza que você está ficando com o pé para cima? Está fazendo o tratamento? Apesar de não gostar, faço certo, é da minha natureza. A ferida não pode ficar seca, e mesmo com todos os tipos de curativo, gel, filme, pomada: desidratava. Tá tomando água? Eu precisava de água como um rio estiando. Boca seca. Na atualidade não se morria de ferida. Mas eu morria, certeza. Expandia os limites dia a dia, me talhava. Eu não queria ler, mas li, que talvez tivesse que amputar. Fazia tudo certo, os bordos queimavam e cresciam (só eu posso saber o quanto cresciam e queimavam) na minha pele pálida.

Pensei em visitar uma aldeia e procurar algum índio, pajé, curandeiro, benzedeira o que fosse para me juntar. Capaz de ajudar. Só ficar em silêncio. A enfermeira disse que é para continuar cuidando. Mas não tá dando resultado. Preciso cerrar. A orientação precisa: não pode pôr planta na ferida. Nada de velhas histórias. Cansei dessa medicina. A médica falou de ansiedade.

Abri o curativo com curiosidade à noite enquanto ardia. Não estava vermelho-vivo, estava preto. Era capaz de caber quase metade do dedo indicador de profundidade. Tecido morto. Aquilo me atravessava. Não sabia mais se era dor, se era buraco, se era carne, se era bactéria, não existia mais nervo. Comprimido. Apodrecia. Eu, podre.

Fui à comunidade dos indígenas. Pedi ajuda. O Pajé morreu de Covid. Mentira. Morreu de desgosto com a floresta no chão. Minha última esperança. Abri o curativo. Abri a ferida. Estou sendo devorado. Não tem o que fazer por você aqui. Precisava de cuidado. O cheiro podre dominava. Impassível. Era a minha esperança. Uma reza talvez? Não tem o que fazer. Bando de selvagem. Cuidasse melhor dessa esperança.

Emagrecia. Percebi uma metamorfose progressiva, impossível de voltar atrás. Não sei mais onde era eu e onde era ferida. Pedi para voltar para a Terra, para trás. Não queria mais fazer curativo. Eu temia o implacável. Alucinava. Queriam me internar. Eu sabia no fundo que iriam me cortar fora. Eu não queria, não suportaria essa separação. A lesão e eu estávamos terrivelmente conscientes. Queríamos arrancar, engolir, queimar. E a fumaça embaçava meus olhos, devorava. Sou ferida.

Sentia-me ignóbil frente à fenda. Enquanto o céu caía, eu adormecia profundamente, indolor pelas veias. Quando acordava, dominava-me o ímpeto de cavar. Fundo. Tremia. A médica e a enfermeira me seguravam. A tácita necessidade de sobreviver. Transmutar. Exudar. Eu precisava crescer para encontrar. De dentro para fora. Rasgar todos os contratos da superfície e sangrar. Confluir. Só desta maneira poderia aterrar — sustentar o desejo de nos conhecermos profundamente. Ponto a ponto. Transformando os tecidos em húmus e garimpando das profundezas para a superfície, a ordem inversamente humana. Da natureza. Tinha que ser assim. Então compreendi.

ANO DE LEITURA DO LIVRO: _____

PINTE AS ZONAS EM GUERRA:

S
N

COMA³

Mais uma assinatura e a lei avança. Um grande passo para a pátria. Desde o começo do mandato, esta pauta rendeu boas dores de cabeça, mas chegou a hora. Onde está a caneta? A caneta de tinta preta Montblanc com o peso ideal para assinar a lei. Ele encosta no papel.

— Ah não, agora não — empurra a cadeira para trás enquanto o nariz começa a escorrer e corre para o banheiro com as mãos no nariz.

Desde criança não acontecia do nariz escorrer, por que agora? Deve ser o clima seco de Brasília. Chega ao banheiro e tira os óculos arredondados de tom acastanhado e os deixa sobre a pia. Pega o papel higiênico e tenta segurar o sangue. Pensa em sentar no vaso sanitário. Revisa os passos para conter o sangramento: é só segurar firmemente o nariz que logo vai parar de sangrar. Olha para baixo esperando

---

3. Publicado inicialmente no livro "Contos de Quarentena II", organizado por Camilo Gomide, Marcos Vinícius Almeida, Mauro Paz em 2021.

ver a camisa suja de sangue, mas o sangue não é vermelho. Escorre profusamente um líquido preto-rutilante.

As lajotas do banheiro começam a girar, sente o corpo ao chão, tenta vislumbrar o gesso do teto, sem nitidez. Tudo fica preto.

*

Escuta distante a gritaria. O barulho da sirene e o vermelho da luz são confusos. É quase um sonho. O gesso do teto vira o céu. As estrelas caminham devagar pelo teto, parece confortável. Decide se levantar naquele céu estrelado e sente um cheiro agradável. Está em uma plantação de soja, próximo às bordas de uma floresta. Sente vontade de ir para a floresta. Esquecer-se do líquido preto. Esquecer-se da ambulância. Da lei. Decide caminhar. Coloca as mãos na soja verde na noite coberta pela lua. Respira um ar puro. Lembra-se do rural. As estrelas brilhantes de pano de fundo.

Sente vontade de deitar. Observa o céu que acalma. De repente, o céu parece descolar-se do universo e descer em direção a ele e à plantação de soja. Não consegue se levantar. Mal consegue se mexer. Tenta gritar. O céu começa a desabar. As estrelas começam a cair. Os gritos saem abafados. A floresta. Tudo pega fogo. Socorro!

*

Abre os olhos com o coração acelerado. As pálpebras pesadas, o teto segue branco e indefinido. Onde estou? A memória da plantação e do céu estão vívidas. Alguém encosta, um homem paramentado, parece um astronauta fala:

— Parece, ministro, que você estava alucinando.

As palavras não se formam na boca. Sente um gosto de queimado. Não consegue dizer nada. A cabeça pesada. Sente os olhos se fecharem.

Esse ciclo acontece diversas vezes até compreender que está no hospital com a famigerada roupa verde de paciente. Os tampões do nariz são uma agonia constante, servem para estancar o líquido que o médico explicou estar escorrendo. E não se sabe de onde. Aparentemente não é sangue, e o material foi enviado para análise. Chama atenção a cor do líquido. Hoje teria que fazer ressonância e tomografia novamente. Verificarão se não está com Covid-19, mas ele conseguiu se vacinar, só não pode dizer, porque seria ruim admitir que pulou a fila no início da vacinação em 2021. Sente dor de cabeça. Melhor dormir, mas está com medo dos pesadelos. Ou o céu cai ou é ele quem está caído com uma boiada passando por cima.

Acorda com a enfermeira que o chama e diz que o levarão para fazer exames. Depois que você coloca a pulseira do hospital sua autonomia é praticamente cortada. Concorda com fazer os exames, é a terceira vez nos últimos três dias de internação. Como é difícil respirar pela boca, parece que toda a garganta fica seca. A enfermeira informa que, se ficar bem acordado, poderá comer. Essa é a melhor notícia dos últimos dias de investigação.

*

A copeira vem com um prato de mingau, algo pastoso para começar a comer. Leva a primeira colherada do mingau até a boca e percebe um gosto de queimado. Esse hospital não sabe nem fazer comida! Fala. A comida vira pó na boca. Decide cuspir fora e começa a tossir cinzas e fuligem. O médico-astronauta aparece correndo com a enfermeira e pede sinais vitais.

— Vamos suspender a alimentação novamente — sentencia o médico mexendo nos aparelhos.

O ministro, sente uma canseira, chega a ser difícil respirar. Pensa nos dois filhos e nas pensões. Sente vontade de vê-los, mas não os encontra há muito tempo. Dorme e sonha com a plantação de soja e o céu que cai.

*

Recebe a visita de um dos filhos do presidente, o mais velho. O médico informa que não é seguro, mas o filho insiste que é imune a coronavírus e ao que for. Como o pai tem, histórico de atleta. Entra e vê o ministro, cumprimenta, fala que o pai não pode vir.

— A comida é horrível, tem gosto de queimado — o ministro diz.

— O médico falou que você tá com o paladar alterado. Não queriam deixar eu entrar, mas sou imune. Como sou ao Covid e a essa doença esquisita que pode ser Covid. Você deu muito azar. Estava tomando o *kit*? — pergunta enquanto senta em uma poltrona mantendo distância.

— Mas é melhor tomar a vacina — o ministro fala enquanto pisca. O filho do presidente e o ministro se entendem.

— Vamos fazer o seguinte, vou deixar um dinheiro aqui — o filho do presidente diz enquanto abre uma gaveta ao lado da cama — para você falar direitinho com a enfermeira sobre a comida, talvez consiga uma refeição melhor — e coloca ali uma boa quantidade de notas com lobos guarás impressos.

— Acho que não precisa, melhor me recuperar — o ministro fala enquanto o outro fecha a gaveta com um bolo de notas.

— Tudo bem, mas vou falar com o médico, ele tem que te dar o *kit*, mesmo que você já esteja vacinado — fala com tom de preocupação.

*

O cansaço volta. O ministro está emagrecendo. É uma estafa que parece que carrega o país. Sente vontade de defecar. Quer tocar a campainha e chamar a enfermeira. Fica impaciente com a demora. A enfermeira chega paramentada. Ele quer ir ao banheiro. É melhor o senhor defecar na fralda, diz a enfermeira.

— Você não está entendendo: eu quero ir ao banheiro.

Ela assente e decide levá-lo para o banheiro. Não há decência nenhuma neste lugar, pensa. Os azulejos brancos bem assentados e o avental verde de-paciente.

A vontade de defecar vem com uma cólica. Sente que machuca o ânus. Uma dor horrível que segue rasgando. Desce um pouco de diarreia. O ministro geme, mas decide manter o orgulho e suportar sem pedir ajuda pela porta entreaberta. Terminado, chama a enfermeira.

Quando levanta, sente-se fraco e olha para o vaso. O ministro e a enfermeira percebem que não saíram fezes, mas um monte de penas azuis manchadas de sangue. Diversas penas azuis que tomam o vaso sanitário.

— Parece que estou cagando uma arara azul — escorre sangue pelas pernas do ministro. A enfermeira fica assustada.

— Não puxa a descarga, doutor, vou avisar o médico — a enfermeira leva o ministro para o quarto.

Logo o médico chega para ver o ocorrido, passa direto pelo paciente, que já está acomodado na cama asséptica e com dor. O médico puxa o celular. O paciente pede pelo celular dele, que está sem bateria. Quer ver as redes sociais. Sente fome e lembra do dinheiro do filho do presidente. Será que consegue subornar e descolar uma comida decente?

*

No jantar, a copeira vem sorrindo e traz uma comida especial. Um bife. Parece ótima, ela diz. Agora sim, comida de verdade. O ministro coloca o guardanapo nas pernas e puxa a mesa de paciente para cima da cama. Esta refeição será boa, pensa. Abre o prato de inox e sente um cheiro de carne.

O ministro corta com rapidez um pedaço do bife e leva até a boca. Mastiga e imediatamente a sensação de estar comendo cinzas reaparece com um gosto metálico junto com sangue. Engole seco. Perde o apetite. Parece que tudo virou cinza, cinza e sangue. Cospe no guardanapo e sai uma saliva preta, desta vez com vermelho. Melhor ir dormir. Pede remédio para dar sono e evitar o pesadelo com o céu que cai.

O ministro acorda por volta das três horas da manhã. Sente fome. A boiada passava por sua barriga. Lembra-se do dinheiro na gaveta. Parece uma ideia maluca, mas parece deliciosa. Abre a gaveta e pega uma nota de duzentos reais. E rapidamente leva uma nota para dentro da boca. As fibras da nota não viram cinzas. Consegue engolir. Decide comer outra. Parece que tem um sabor bom. Sente a barriga cheia. Sono.

— Parece que você está melhorando — diz o médico logo cedo na reavaliação.

— Nada como uma boa noite de sono, hein? Os remédios para dormir ajudaram. Você teve pesadelos?

Como todos os dias, o ministro disse que sim.

O médico informa que os exames de imagem mostram a lesão pulmonar como já estabilizada. O difícil de entender é o líquido do nariz, pois a análise indica que não parece material humano. O laboratório indicou tratar-se de um composto comum na fumaça da queimada, material particulado fino, encontraram até carvão mineral. O médico pergunta se o excelentíssimo ministro fora para alguma região com muita fumaça ou com mineração de carvão.

— Essa próxima pergunta pode parecer esquisita, mas por algum motivo o senhor tomou óleo de petróleo ou ingeriu areia?

Este médico deve estar maluco, pensa o ministro. Já não tinha certeza se comeu ou não dinheiro de madrugada. Pensa em esperar o médico sair para ver a gaveta. O médico fala que não tem explicação para as penas, parece até bruxaria. Está preocupado com o peso e com a alteração do paladar. Por fim, descreve a capacidade de a boca transformar as coisas em cinzas. Parece farão um relato de caso em um jornal científico e, por isso, querem documentar tudo com detalhes. Pergunta se o ministro-paciente concorda. O ministro quer pensar. Mas o médico fala que é pelo bem da ciência. O ministro pergunta:

— Doutor, onde está a minha Ivermectina?

*

Por alguns dias a refeição noturna de dinheiro encheu a barriga, mas a tosse piorou. A gaveta estava quase vazia. O ministro faz orações para o filho do presidente vir e poder pedir mais dinheiro. Só isso mata a fome. A saturação de oxigênio começa a cair. Novos exames. A lesão pulmonar aumentou. Quanto mais passam os dias, maior a lesão. Essa enfermeira é muito enxerida, pensa o ministro, que a percebe observando.

*

— Doutor, descobrimos que você está comendo dinheiro. Isso não faz bem — diz o médico.

O paciente explica que é a única comida que não vira cinza, ao menos é suportável. O médico insiste:

— Podemos preparar algo que lembre mais as fibras da celulose, mas vamos ter que parar com isso. Sinto muito. Vou conversar com a nutricionista.

O médico segue o rosário de más notícias, explica que na última tomografia a lesão pulmonar avançou. O ministro insiste que a única coisa que mata a fome é o dinheiro. Ou morre-se de fome ou morre-se de ar.

Os dias sem comer dinheiro são difíceis, mas a lesão pulmonar estaciona. A fome não. Como é difícil viver com fome. Enquanto isso, a nutricionista tenta fazer origami de alimentos, para ver se não viravam cinza. A maior alegria foi uma nota de dez reais de sobremesa. A única matéria que não vira cinza é o dinheiro. A equipe começa a relacionar que comer dinheiro avança a lesão pulmonar. O astronauta, aliás o médico, propõe sedar o paciente para ele não sentir fome. Os pesadelos também estão cada vez mais realísticos. Dor. Era difícil controlar qualquer sinal ou sintoma. Pelo menos as penas azuis pareciam ter sido um episódio isolado.

*

O filho do presidente visita o ministro novamente.

— O médico contou sobre a dificuldade do caso e o fato de a investigação não ter avançado tanto — falou com distância, um asco subindo até o céu da boca.

— Pois então, tenho uma fome por dinheiro, e os filhos dessa porra ficam me restringindo a única coisa que consigo comer — falou o ilustre paciente com a mão na barriga.

— Andamos pensando, eu e meu pai, na verdade a família toda. Estamos preocupados com sua saúde — falou com uma voz branda — vamos afastá-lo do cargo, mas sabe que aquela última lei que quase assinou, é bom verem que o fez. É o seu legado. Vai ajudar na sua imagem externa.

Desgraçados!!! O ministro tem vontade de esbravejar, mas queria dinheiro, precisava comer. Diz que achava importantíssimo assinar.

— Se as coisas piorarem para mim, fica este meu legado para o Brasil. Mas, sabe, seria bom um pouco mais de notas.

O filho do presidente tem uma ótima ideia:

— Já pensou em comer cheques? Pode ser que funcione com valores mais altos.

Ele deixou cheques e notas de duzentos reais. Desta vez, o paciente as esconde em lugares diferentes. Ele ia comer devagar devido às lesões pulmonares.

*

Amanhece o dia. Os pesadelos foram piores. Os sedativos pioravam os pesadelos. Por volta do meio-dia, o filho do presidente chega com uma pasta e um jornalista. A enfermeira ajuda a dar um pouco de dignidade ao colocar os óculos. A lei que iria avançar o Brasil. Essa é também a legenda da foto do filho do presidente com o ministro nas redes sociais.

A caneta parece pesada. Melhor assinar logo antes que algo sério aconteça ou que o cansaço volte. O ministro pensa que esta é a sua última chance. Ele encosta a caneta Montblanc no papel e assina apoiado na mesa de paciente. Entrega o documento para o filho do presidente com um sorriso. O nariz volta a jorrar o líquido preto rutilante. O filho do presidente sai rapidamente do quarto. Em seguida, o agora ex-ministro do meio ambiente entra em coma.

UM ENSAIO SOBRE O UMBIGO

Por Lungi Lopes[1]

Publicado em 28 fevereiro de 2433.

[1] Doutora em Sociologia pela Universidade de São Paulo.

Introdução

Desde o século XXIII que os ovos-proveta foram uma revolução na reprodução e sobrevivência humana. O algoritmo criado pelos *homo sapiens* iniciou com uma cuidadosa seleção de ancestralidade aleatória das linhas de DNA. Isso foi construído para garantir a diversidade populacional em um mundo com cada vez menos humanos devido às mudanças climáticas iniciadas no século XX e agravadas a um ponto irreversível no século XXI.

Os fenótipos da atualidade são precisamente balanceados em resposta a um acúmulo ao longo do tempo da história da humanidade para evitar respostas eugenistas. Foi a solução e a maneira de todos serem "iguais", um (des)privilégio algorítmico ou, como também chamado por alguns, ditadura do algoritmo. Os humanos resultados de algoritmos são paritários entre pessoas com pênis e vagina, além dos hermafroditas, não que isso mudasse o gênero experienciado pelas pessoas. Na atualidade, o gênero resume-se ao não-binarismo, com raras identidades diversas como homem ou mulher, remontando aos séculos anteriores. O equilíbrio das etnias das pessoas é também essencial. Nesse sentido, questiona-se onde se encontra a ancestralidade da população algorítmica e a sensação de falta de identidade da vivência humana.

Além da "diversidade" selecionada pelos ovos-proveta, tornou-se corrente questionar a "aleatoriedade" das seleções para além dos fenótipos. Características como inteligência e habilidades tornaram-se comuns, gerando ao final do século passado a classe dos super-humanos. Para além das super-habilidades, a diferença central entre os humanos nascidos dos ovos-proveta e os nascidos de úteros é o umbigo. A descoberta do caldo placentário que penetra a pele dos fetos e dispensa o cordão umbilical transformou a forma de reprodução da humanidade. O ovo humano, junto às maternidades artificiais, é o que vem garantindo a sobrevivência nas chocadeiras amnióticas.

A diferença entre aqueles com umbigo, ou humanos, e os desumbilicados, ou super-humanos, começou a criar um desequilíbrio na sociedade em meados do século XXIV. Certamente as ideias da extrema direita de humanos "puros" com origem em uma família nuclear e de relações sexuais entre pessoas com pênis e vagina intoxicam o debate da sobrevivência da humanidade. Os cientistas são firmes no fato de que os super-humanos constituem a melhor chance da espécie.

Apesar da ideia de universalidade e diversidade, todos os desumbilicados são tão "uniformes" em habilidades e características genéticas que fica difícil de identificar o que seria uma pessoa indígena no Brasil, por exemplo, mesmo que a Convenção do Algoritmo de São Paulo de 2338 tenha garantido manter DNA's e fenótipos centrais para a diversidade humana. A criação de novas identidades através não apenas de fenótipos, mas de habilidades, é o que de certa forma tem mantido aspectos da cultura atual. Destaca-se que a humanidade algorítmica homogênea que vive menos devido às mudanças climáticas e que perdeu o desejo de gestar, mantém o gozo e tem dúvida sobre a sua classe no filo *animalia*. Explora-se neste ensaio a humanidade e a relação com o umbigo.

Relações sexuais e gestação: super-humanos são mamíferos?

Para relações sexuais *per se,* restou apenas a função de gozo e a transmissão de doenças desde o crescimento dos super-humanos. Além disso, a vantagem da resistência a diversas doenças através da modificação genética, principalmente as transmitidas por vírus e bactérias e alguns tipos de câncer, tornou a vida dos super-humanos mais segura. Inclusive, infecções sexualmente transmissíveis que assolaram a humanidade nos séculos XX e XXI, como sífilis e HIV, tiveram seu ciclo de transmissão quase que interrompido pelos super-humanos. Eles têm modificações genéticas precisas para não desenvolverem essas doenças, mas, ainda assim, podem transmiti-las em algumas situações, principalmente para os humanos umbilicados que são mais vulneráveis. O que, segundo especialistas, impede a erradicação destas doenças essencialmente são os humanos, que são suscetíveis à transmissão e adoecem.

A transgenia foi essencial para redução da natalidade e controle reprodutivo. Porém, todos os super-humanos, após um tratamento específico de estimulação neuronal, podem voltar a procriar-se com facilidade. Uma medida para garantir a reprodução em caso de piora das catástrofes climáticas, desastres socioambientais e formas para garantir a sobrevivência da espécie, principalmente sem onerar mais o planeta. As gestações nos ovos-proveta provaram ser tão seguras que a humanidade vive bem e controlada.

A experiência da gestação é uma questão crucial para as pessoas que desejam carregar um bebê no útero, apesar de ser cada vez mais raro. Sabe-se o custo disso em relação ao corpo da pessoa com útero para construir um bebê ao longo das quarenta semanas. Os custos da produção dos bebês-proveta é menor em termo de horas que a pessoa com útero e sua parceria familiar (se houver) devem afastar-se do trabalho, o tempo de amamentação e, principalmente, o risco de inviabilidade é menor. Com as mudanças climáticas, e as modificações impostas pelo Antropoceno, em especial a produção dos microplásticos e nanoplásticos dos séculos anteriores, tornou-se cada vez mais arriscado o surgimento de novas doenças para as pessoas gestantes. Em especial as cardiovasculares, pela exacerbação de fatores inflamatórios e a formação das placas ateromatosas causadas pelos nanoplásticos. Soma-se a isso o risco de má-formação fetal e o fato de que uma pessoa humana com útero tem em média nove abortos para cada dez gestações. Não obstante, sabemos que o vínculo de um bebê com a pessoa que o amamenta é benéfico para o desenvolvimento daquela criança, mas cada vez mais evidências colocam a prática como não sustentável do ponto de vista ecológico.

As profissões da saúde adaptaram-se muito bem ao cuidado dos fetos dos super-humanos e às maternidades de ovos-proveta. Simultaneamente, profissões do campo da obstetrícia originais ficaram obsoletas e, de certa forma, a humanidade voltou ao papel das parteiras nas comunidades. Isso remonta a origem da obstetrícia, antes desta ter sido dominada pelo que na época era conhecido como papel de gênero de "homem" no século XVIII. Essa sociedade conhecida como patriarcal girava em torno do falo e do controle do corpo das pessoas que desempenhavam o papel de gênero de "mulher".

A resistência aos ovos-proveta e a insistência em manter o desejo de gestar e da parentalidade, mesmo com o risco alto de imperícia no cuidado pré-natal, abortos e crianças inviáveis, faz parte das comunidades chamadas de naturalistas que rejeitam a tecnologia algorítmica dos super-humanos. Algumas, inclusive, se organizam de forma patriarcal como nos séculos anteriores, utilizando de técnicas de dominação e poder em relação ao fenótipo do corpo e aos papéis de gênero desenvolvidos. Certamente, é difícil para a sociedade atual compreender como essas pessoas vivem, criando espaço para questionamentos e até violências de ambas as partes. Desse modo, é necessário entender os limites dessas sociedades e a necessidade de intervenção em casos de abuso de poder. Pela legislação do mundo transmoderno atual, praticamente tudo nessas comunidades é considerado um desequilíbrio de poder, tornando os litígios e prisões frequentes. Enquanto isso, os naturalistas reivindicam o desejo de viver "naturalmente".

Tornou-se cada vez mais complicado e raro conseguir fazer um bom parto recorrendo-se às parteiras sem treinamento médico. Mas parir sempre foi da natureza humana, e talvez um dia os super-humanos precisem voltar a essa atividade de fertilidade com mais interesse. Apesar de algumas pessoas super-humanas com útero desejarem gestar e o fazerem, o risco de gestar para humanos e super-humanos é semelhante.

A ideia de "família" ao longo do tempo se transformou na aproximação entre pessoas sem laços sanguíneos, nem laços conhecidos como parentais, ou seja, da pessoa que gesta. No entanto, pessoas que queiram, cada vez mais incomuns, podem também encomendar seus bebês para serem criados em casa ao invés das comunidades infantis de super-humanos. Essas comunidades abriram espaço para os super-humanos dedicarem-se aos seus interesses acima do laborioso fato de constituir família, como os estudos e o trabalho para a evolução e, principalmente, concentrarem-se na sobrevivência da espécie. A pressão do fim da humanidade coloca um ponteiro nas costas de cada pessoa, causando problemas de saúde mental, além da urgência de criar memória para um dia alguém descobrir a existência deste fatídico planeta azul e da humanidade.

O caso de não ter umbigo coloca ainda em questão se os super-humanos são mamíferos ou não. Isso foi amplamente discutido no século passado e o caso culminou na criação e reclassificação da filogenética, quando os super-humanos foram classificados em uma nova classe: animais vertebrados algorítmicos. Esta não é uma exclusividade dos humanos, *Homo algoritmicus*, animais de interesse doméstico como cães e gatos também são selecionados algoritmicamente. Da mesma forma ocorre com animais considerados essenciais para a possibilidade de tornar a Terra um ambiente mais habitável, como as abelhas polinizadoras algorítmicas, que visam tentar garantir a criação de novas florestas. O consumo de carne de animais foi totalmente abolido em 2200 pela insustentabilidade e crueldade com os animais, entretanto, os primeiros testes algorítmicos foram feitos com ratos e depois suínos. Algumas pessoas estudiosas discutem que o fato dos bebês-proveta necessitarem amamentação, mesmo que tecnologicamente em mamas artificiais, os mantém como mamíferos. Apesar disso, a discussão se o *Homo algoritmicus* deve entrar ou não na classe dos mamíferos persiste.

Algoritmo ou natureza?

É certo que hoje se instaurou uma dúvida sobre onde começa o algoritmo ou a natureza, perdeu-se o início e o fim. Diferente da ideia da humanidade da era moderna, que se compreendia como "fora" da natureza. Todavia, resultado das próprias soluções, a humanidade, ao criar o *Homo algoritmicus,* deu espaço para uma diferenciação entre os umbilicados que nasceram de um útero. Uma desigualdade no mito da igualdade algorítmica.

Percebe-se um aumento relativo de habilidades no *Homo algoritmicus* com o passar dos anos, como a presença de ouvido absoluto, tornando frequente crianças capazes de identificar sons, notas musicais e melodias. Apesar disso, é difícil superar a genialidade das melodias e músicas do século XX, XXI e XXII. Discute-se se o excesso de super-habilidades as tornaram uma menor-habilidade ou se reduziram a sua potência, colocando-as no campo do comum. O mesmo se aplica para a facilidade de alongamentos para manter os músculos saudáveis, ou melhor, capacidade pulmonar. Não obstante, a expectativa de vida dos super-humanos, devido aos danos das mudanças climáticas, estresse por calor e alteração da atmosfera pela poluição do ar, é de cerca de 60 anos, enquanto a dos humanos, por serem mais falíveis, fica em torno de 55 anos.

A média de idade da humanidade é algo que também justifica a necessidade atual da reprodução algorítmica. Alguns estudos questionam se a seleção também não é a forma de sensoriamentos de que o próprio programa precisa sobreviver. No passado, falava-se em nascer, reproduzir-se e morrer. Hoje praticamente apenas o algoritmo se reproduz. Assim, não gestar é também uma questão de tempo, ou da falta de tempo, para viver as fases da vida. Além disso, os super-humanos produzem menos fezes e são mais eficientes ao retirar a energia dos alimentos, tornando-se uma opção verde ou mais sustentável.

O mundo humano gira em torno do umbigo (ou da ausência dele)

Os super-humanos que crescem nos ovos-proveta não têm cordão umbilical, de modo que não desenvolvem a fáscia umbilical, ligamento umbilical e o que foi essencialmente o choque do século passado: a ausência do anel umbilical. Entre a musculatura do reto abdominal foi suprimida a presença deste "símbolo" de união entre pessoa que gesta e pessoa que nasce. A supressão de símbolos como esse causou grande agitação nas comunidades e ideias de "fim da humanidade" e catastrofismos. Fato é que o fim da humanidade, e não do planeta, tem uma lenta e latente intensidade.

Inicialmente, nas primeiras experiências, não se pensou que os super-humanos seriam tão diferentes e refinados dos seus criadores humanos. Chegou ao ponto, no século passado, de a pessoa classificar-se como geneticamente modificada ou não. Ou pior: com ou sem umbigo. Assim, o ato de mostrar ou não o umbigo tornou-se uma forma de supremacia, algo que os protestos e os acordos levaram à Convenção do Algoritmo de São Paulo de 2338. No início do século passado, com a população dos desumbilicados em crescimento, tornou-se recorrente o exibicionismo de alguns super-humanos, principalmente algumas décadas atrás, quando a moda colocou em evidência a barriga lisinha, sem a voltinha do umbigo. Diversos humanos fizeram cirurgia plástica para acabar com o umbigo e estar na moda.

No Brasil, na festa tradicional do carnaval, tornou-se obrigatório o uso de um tampão de umbigo para evitar o julgamento e até agressões contra humanos que, para alguns super-humanos, são considerados formas de sugar mais o planeta por serem menos sustentáveis. O ódio também existe contra os super-humanos, deflagrado pelos extremistas naturalistas. Aconteceram casos de sequestro de super-humanos e a obrigação de gestação de pessoas com útero para o cruzamento e a sobrevivência da espécie do *Homo sapiens*.

Avanços sociais foram conquistados para os umbilicados, como as cotas nas universidades, além de competições esportivas adaptadas. Diversas propostas de competições como as olimpíadas se separaram em edições com umbilicados e desumbilicados. Criaram-se, todavia, categorias e já existiram vencedores de desumbilicados com umbigos. Apesar de raras as ocasiões, em jogos coletivos é necessário sempre cumprir a cota para umbilicados.

Contudo, supercrianças desenvolvem-se de maneira análoga às crianças e, apesar de toda transgenia, continuam correndo e brincando com as super-habilidades. A educação centrada no acolhimento e fortalecimento emocional é um destaque dos jardins de infância e dos criadouros. Outra questão trazida pelo *Homo algoritmicus* é a ideia de abandono contornada pela criação demasiado coletiva, baseada em valores estudados como essenciais, como família entre os irmãos de criação; diferente, em geral, dos humanos criados nos sistemas de família, que também vivem os conflitos de estar em uma pequena rede familiar.

Dessa forma, os umbilicados estão em uma situação difícil e a maioria depende exclusivamente de recursos sócio-ambientais governamentais. Os umbilicados são naturalmente imprecisos, entretanto, como são cada vez mais raros, também seus trabalhos artísticos de imperfeição começaram a ter algum destaque nas últimas décadas, além de se tornarem um campo de interesse de estudo dos super-humanos.

Atualmente é imperativa a necessidade da existência dos super-humanos para a sobrevivência da humanidade, por serem menos custosos para a (re)produção, adoecerem menos e serem ecologicamente mais eficientes. Os humanos geneticamente modificados são infinitamente menos arriscados e mais saudáveis e, apesar de terem surgido de um algoritmo programado por humanos, ainda assim fazem parte da natureza como células que nascem e morrem. Também é igualmente necessária a sobrevivência dos umbilicados para humanidade não estar fadada a mais uma extinção, talvez essa mais intolerável pela proximidade do fim de todos. Programas de suporte para aqueles que desejam gestar e criar umbilicados são essenciais para o futuro da humanidade e do *Homo sapiens*.

Pode-se dizer, analisando o *Homo sapiens* e o *Homo algoritmicus,* que alguns humanos têm mais direitos que os outros. Direito a sobreviver, direito à saúde, direito à natureza. Não obstante, deve-se considerar o direito à gestação, apesar da ineficiência ecológica. O mundo que gira em torno do umbigo talvez perca a chance de aprender com o mundo desumbilicado e vice-versa. De forma que como o algoritmo criado pelos *Homo sapiens* permitiu a sobrevivência através do *Homo algoritmicus,* é papel dos super-humanos garantir a sobrevivência dos umbilicados para um possível futuro, palavra cada vez mais rara no vocabulário da super-humanidade.

AZUL

Rita nunca pararia o que estava fazendo para responder a uma chamada de holograma. Seu copo de cerâmica ficou com as marcas dos lábios e o suco em cima da bancada. Quando começou a trançar o cabelo, chegou a chamada no implante coclear. Irmã. A agulha passou por suas mãos, puxou seus cabelos e ajustou os *dreadlocks* finos. Tocou a língua no palato para diminuir o volume e após ajustar os *dreads*, finalizou a trança. Respirou fundo e deslizou a língua por todo o palato para atender a quinta chamada. Instantaneamente, sólida como carne — mas apenas um monte de pixels — a irmã, Ana, apareceu.

Posso apenas dizer o quão louca você é? A voz veio através dos implantes enquanto sua irmã abria a boca. Ela usava um turbante amarelo e túnica com pequenos elefantes como detalhes, andava com pés pesados à sua frente. As narinas tremiam enquanto ela segurava a respiração.

Bom dia mana, disse Rita, cruzando os *dreadlocks* e as tranças, a pele negra brilhando depois do banho de vapor.

Esta é uma das áreas mais tóxicas do mundo e a minha irmã quer ir para lá. Você perdeu a cabeça? Considerou-nos no meio dos seus sonhos malucos? Se Ana não fosse um holograma, sentiria as gotas de cuspe na cara.

Rita reduziu a intensidade da imagem e deixou a irmã translúcida para que fosse mais fácil lidar com a raiva. Fixou os olhos através dela para o pôster na parede, uma imagem verde da Floresta Amazônica e um sapo com apenas uma palavra no meio. Esperança. Ela se lembrou da floresta, sua casa, das gatas sozinhas, enquanto observava a foto.

Você sabe que esse não é o motivo. De que adianta viver desta forma, de bolha em bolha? Ao menos quero lembrar-me do que estou vivendo. Nossas mães se esqueceram e vivem vazias após a contaminação. Entendo que você esteja preocupada..., ela encarou os olhos de Ana flutuando na imagem do sapo amazônico...vai ficar tudo bem, Ana a interrompeu. Lembra-se do que aconteceu da última vez? Você quase morreu e eu estava ouvindo falar de você no noticiário. Sem rastreio. Você prometeu que não teria outra aventura e aqui estamos.

Mulheres em luta.

Isso foi há muito tempo, mana, é importante para mim, para nós e para nossa casa única. Lembra, Ana?

A Terra é a nossa única casa, sei. Eu conheço toda a publicidade dessa empreitada, Rita, a mídia segue cobrindo tudo, mas *você* não pode fazer isso em um laboratório? Ou nas redes sociais? Já é uma cientista renomada. Envia sua equipe.

Não entendo por que tanto estresse. Vai tudo ficar bem. Tudo ficará bem. Estamos tomando todas as medidas de segurança. Você sabe que não quero arriscar a minha equipe. A voz soou robótica, havia repetido aquilo centenas de vezes. Lembrava-se dos muitos riscos, mas também da urgência do assunto.

Tenho certeza sobre sua equipe, mas não sobre você. Enfim, alguém precisa falar isso, porque todo mundo está preocupado e não se trata apenas de elogiar a doutora Rita e sua coragem. Você não é a mulher do fim do mundo.

Obrigada, eu também te amo mana. Rita começou a arrumar um novo *dread*.

Vá para o inferno, Rita. Se algo acontecer, precisarei cuidar das nossas mães e das suas três gatas, e não sou uma pessoa ociosa. Aliás é isso que você está fazendo: indo para o inferno.

Estarei de volta em dois meses e o mundo estará mais limpo; podemos regenerar.

Espero que você não volte com um câncer endocrinológico. Ou mesmo pulmonar. Eu não quero cuidar de você. Uma oração para Xangô. É o que resta.

Eu também não quero que você cuide de mim.

Odeio esses hologramas, quero te sacudir

As duas ficaram uma de frente para a outra.

Sabe, mana, é a ideia deste século, eu desenvolvi e coordenei, dessa vez sem explosões, prometo. Pelo menos neste momento, você pode nos acompanhar através de *streaming* via satélite. Se o céu estiver limpo, sem tempestades, tudo ficará bem e você poderá ficar mais relaxada. Vou te enviar agora o endereço da transmissão.

Eu odeio essas coisas, fico mais ansiosa, sabe quantas vezes preciso usar o botão antiestresse? Centenas! Até machuquei tanto o palato que a médica limitou meu uso por causa disso.

Rita sabia que a irmã usava muitos neuromoduladores, a ponto de quase ter o cérebro colapsado pelo uso excessivo da estimulação elétrica. Mas Rita também sabia que Ana acompanharia cada passo. Continuou trançando os *dreadlocks*.

Como estão as pinturas?

Não desvie o assunto. Faz algum sentido discutir com você? Vá e salve o mundo. Por favor, salve-se. Ana falou com desdém desesperado e sentou-se, o sofá materializou-se na imagem de Ana para Rita.

Um silêncio tenso entre as irmãs e os *pixels* fizeram com que ambas ouvissem a respiração uma da outra. Rita aumentou a densidade da imagem para poder ver a irmã como uma mulher sólida.

Rita respirou fundo e audivelmente.

Por favor, não comece a explicar como você salvará o mundo. Vou precisar sair para cuidar das suas gatas, espero que vocês gostem do Japão enquanto se preparam. Ana cruzou as pernas. Vou te enviar um itinerário de viagem para conhecer o Monte Fuji, ali talvez você encontre alguma iluminação.

Obrigada, mana, você é minha estrela, a melhor. Por favor, manda um beijo não holográfico para papai e mamãe. Rita soltou a trança para simular um abraço, o cabelo fez um movimento lento dissolvendo a trança nos fios mais grossos de *dreadlocks*.

Rita notou que Ana sorriu levemente com o nariz. Rita sabia que ela não queria diminuir a repreensão.

Ana viu a imagem da irmã desaparecer, os *pixels* e os implantes cocleares voltaram à realidade. Não queria pensar, então decidiu ir ver as gatas e regar as plantas da irmã. Ela pegou sua garrafa de água e apagou as luzes tocando o palato com a língua.

Desceu, mas esqueceu-se de pegar as sacolas para levar ao mercado. Virou-se rapidamente, a túnica dava a impressão de fazê-la flutuar pelas escadas. Dentro, garrafas e os potes de cerâmica leve. Conferiu o itinerário decorado no seu cristalino digital implantado. Casa da irmã. Antes passou na padaria que tinha um cheiro maravilhoso, escolheu pão e algumas frutas. Também pegou uma barra de condicionador e um pouco de farinha de tapioca, colocando nos potes, depois na sacola. Encheu uma garrafa com suco de laranja fresco. Caminhava carregando as sacolas como um cabideiro.

Há cem anos, em 2089, o plástico fora abolido de todas as cadeias humanas. Restou apenas reciclar e isolar as regiões plásticas. Não demorou para os humanos perceberem que seria impossível cercar o plástico, então se cercaram em bolhas gigantes de estabilidade climática. Ana fascinava-se pela história repetida em sua escola, mas não estava tão obcecada quanto sua irmã mais nova, que tinha uma fixação pela morte do mar e pelos microplásticos.

As três gatas estavam esperando e miando por Ana na porta. Estar no apartamento da irmã lembrava-lhe muito Rita e o medo das viagens de plástico. Decidiram morar na mesma cidade para ficarem mais próximas, pensou Ana com raiva. Rita provavelmente se mudou para a irmã cuidar das gatas. Ela começou a encher o regador e verificar a folhagem. Viu uma bola vermelha de cerca de cinco centímetros, o primeiro tomatinho da planta. Ela não resistiu e gravou com seus olhos para mostrar mais tarde à Rita.

Seus protetores de ouvido começaram a tocar, o nome de Peri apareceu em seu cristalino. Ela pressionou o palato e atendeu o chamado apenas com som enquanto guardava o tomate em um pote de cerâmica e o examinava com cuidado.

Ana, olá, como você está querida?

Ótima, cuidando das gatas e das plantas da Rita.

Que ódio.

Acabei de assistir à entrevista da Rita.

Não fale sobre isso.

A gata preta da Rita trouxe uma bola para brincar. Ela jogou a bola pelo corredor e a gata correu rápido para buscá-la. Era uma gata preta pesada. Ela foi até a cozinha e começou a limpar as fezes das felinas. Peri ouviu os sons de Ana limpando.

Você pretende aparecer mais tarde?

Não tenho certeza. Ana precisava trabalhar na pintura. Ela prometeu ao seu agente que teria três quadros prontos nas próximas semanas. Pintar sempre era o álibi perfeito.

Não se preocupe, mas me avise, para que eu prepare uma sopa para tomarmos com vinho.

Ok, eu aviso. Eu levo o vinho. Terminou de limpar e a gata miou com a bola na sua frente. Ela encerrou a ligação tocando o palato.

Saiu do prédio, colocou o conteúdo do banheiro das gatas na compostagem especial para fezes de animais e voltou para lavar as mãos, buscar o tomate e depois voltar para a casa e às pinturas. Quando voltou, a gata preta queria brincar. As três miando na casa eram uma declaração elegante da solidão. Ana sentiu uma ponta de tristeza. Um *iceberg*. Jogou a bola. Optou por ignorar e se distrair com um *podcast* de comédia.

No caminho de volta, ela queria ir ao jardim colher algumas frutas da estação para a semana que tinha pela frente. Tudo para as sacolas.

Peri sentiu o vácuo da voz de Ana e se virou para Kauê, que preparava uma panqueca de tapioca com manteiga de coco. Kauê perguntou se Peri queria. Peri gesticulou com sua preguiça habitual, lentamente como uma pena caindo, agora não, obrigado.

Eles estavam interessados em saber mais sobre o que Rita iria fazer. A irmã de Ana era tão interessante. Eles abriram a notícia novamente e pediram para Luísa ler as informações sobre Rita através de seus implantes cocleares.

Luísa começou:

Brasileira quer livrar os mares do plástico

Brasília, 2 de junho 2230.

Rita Silva, uma cientista ambiental brasileira, está se preparando para um empreendimento essencial para a humanidade, porém perigoso. Ela é responsável pela equipe que começará a limpar os macroplásticos do Oceano Pacífico. O Continente Pacífico do

Plástico, ou PCP, é o segundo maior continente do mundo, atrás apenas da Ásia.

[na retina de Peri e Kauê apareceu a imagem de Rita sorridente, com os cabelos compridos, segurando a água em um recipiente de vidro em um bote, com o mar sacolejando, seguida de outra imagem dela no laboratório analisando os macro, microplásticos e nanoplásticos]

A cientista desenvolveu sua teoria no início do século para converter o plástico de volta às suas origens petrolíferas. A equipe científica é composta por cientistas de diversos países: Brasil, Índia, Uruguai, Paraguai, Chile, China e Japão. A ideia é transformar o poluente até virar líquido e devolvê-lo à Terra. Os plásticos foram proibidos em 2089 e, no entanto, os micro e macro plásticos mantêm seu impacto na saúde humana e no ambiente. O primeiro plástico sintético foi desenvolvido a partir de derivados do petróleo no início do século XX, o que marcou um (des)envolvimento acelerado a partir de 1920, com um crescimento progressivo da produção durante o século XXI. Naquela época, relativamente novo em sua singularidade em relação a outros materiais como vidro e papel, o plástico passou a compor grande parte de nossos utensílios, recipientes para armazenamento de alimentos, roupas, produtos e equipamentos de limpeza doméstica, além de tornar a maior parte dos produtos mais baratos. Naquela época, havia a ideia funesta de que as economias deveriam crescer sempre, o que levou às crises sequenciais do capitalismo.

Em 2050, a produção global anual de plástico atingiu o escandaloso marco de 1,1 mil milhões de toneladas. O sucesso e o domínio desta substância tóxica desde o início do século XX causaram problemas ambientais generalizados devido à sua lenta taxa de decomposição nos ecossistemas naturais. A maior parte do plástico produzido não foi reutilizado, sendo capturado em aterros sanitários ou persistindo no meio ambiente como poluição plástica. Os plásticos podem ser encontrados em todos os principais corpos d'água do mundo. Inicialmente criaram-se ilhas flutuantes que gradualmente se transformaram em continentes de plástico em todos os oceanos do mundo, o que resultou na contaminação dos ecossistemas terrestres. Inclusive, a nova era geológica inaugurada no século XXI foi chamada de plasticeno.

A poluição plástica começou a deflagrar sinais de alerta para a saúde humana no final do século XX e início do século XXI. Além de presentes em toda a cadeia alimentar, os microplásticos e nanoplásticos foram encontrados em placentas humanas, nos fetos, no sistema cardiovascular e em especial no respiratório. A poluição plástica do ar é extremamente nociva pelo acúmulo das nanopartículas na corrente sanguínea, formando placas ateromatosas, afinal os pulmões humanos não conseguem filtrá-las. Curiosamente, um dos principais motivos da poluição do ar eram as roupas fabricadas de tecidos sintéticos como o poliéster. Na época, 50% das peças de roupa da chamada "fast fashion", que também usava mão de obra escrava, eram produzidas a partir de plástico virgem. Até brinquedos para crianças eram feitos de plástico.

Em 2020, começaram as denúncias de uma das principais empresas multinacionais poluidoras: a produtora de refrigerantes conhecida como Coca-Cola. A principal forma de poluição era através da produção das garrafas plásticas. A empresa chegou a vender cerca de 100 bilhões de garrafas plásticas descartáveis, de uso único, ao ano no começo do século XXI.

Mais tarde, em meados do século XXI, a substância foi inscrita oficialmente na lista de produtos cancerígenos da Agência Internacional de Investigação sobre o Câncer da Organização Mundial de Saúde, juntamente com o tabaco e a poluição atmosférica. Desde então a lista de problemas de saúde causados pelo plástico só cresceu. A primeira ação do acordo de Montevidéu foi retirar o plástico da indústria de saúde e alimentação em 2088. Em seguida, em 2090, foi também proibido na indústria da moda. Especialistas consideraram que, mesmo com evidências, a criação das políticas públicas demorou e isso colocou em risco a vida humana e de toda a biodiversidade até os dias atuais. A lentidão aconteceu devido ao lobby das indústrias e à propagação da ideia falaciosa de que a reciclagem do plástico poderia ser uma saída, e não a extinção do uso.

Viajar para o Oceano Pacífico Plástico é ação de alto risco devido à contaminação a que a equipe científica estará exposta. A exposição a elevados níveis de contaminação plástica acima dos limites seguros, fora das bolhas protegidas, pode resultar em câncer e até morte. Rita está convencida de que, apesar dos perigos, "isto irá limpar o oceano para o futuro, permitindo a reintrodução de espécies hoje em cativeiro".

Muitas tentativas de removê-lo dos mares foram feitas ao longo dos anos. Todavia, a equipe de Rita pretende trabalhar injetando o plástico nas camadas mais profundas da terra, de onde veio o petróleo, sua matéria-prima original. A equipe irá para Xianggang, onde uma antiga plataforma de extração de petróleo foi transformada em plataforma de injeção de plástico.

O procedimento nunca foi testado antes devido aos altos riscos para os seres humanos envolvidos na tarefa. Mas certamente pode trazer esperança para tentar lidar com o desafio da saúde plástica deste século, como a redução do aborto espontâneo, do câncer, das doenças endócrinas e imunológicas. A reversão plástica também pode ser uma injeção de esperança.

O risco dos plásticos...

Deu Luísa. A voz silenciou nos implantes.

Peri reclinou-se no sofá e viu algumas fotos ao vivo da plataforma de injeção de plástico Xianggang. Ele não queria continuar escutando o artigo. Esperança. A notícia certamente passaria a mostrar bebês com anomalias por microplásticos e não tinha estômago para isso.

Os humanos têm criado problemas desde que surgiram, pensou ele. Mas sentiu orgulho de ser brasileiro. A solução vem do mundo. Kauê comia tapioca e cantava uma música antiga, tinha silenciado Luísa através do seu palato bem antes de Peri. *Ano passado eu morri, mas esse ano eu não morro.*

Peri reduziu o brilho das imagens de Rita e, através dela, observou Kauê cantando. Percebeu uma dor que começava no pescoço e irradiava para a cabeça. Encostou-se na poltrona e fechou os olhos, abriu um aplicativo de analgésico e apertou um botão no céu da boca, que estimulou uma parte do seu cérebro a liberar endorfinas e diminuir a dor.

Levantou da poltrona, relaxado, esqueceu a plataforma de Xianggang, a esperança. Peri começou a beijar o pescoço de Kauê. Antes de começarem a tirar a roupa.

*

Kauê ouviu a campainha tocar e Ana estava na porta. Trouxe uma garrafa de vinho. Kauê a beijou e a deixou entrar. Ela trouxe frutas e verduras recém colhidas na horta da esquina, explicando que havia lavado as verduras em sua casa. Abraçou Peri. Parecia forçosamente normal. Quanta neuroestimulação usou? Eles se abraçaram. Como você está?

Lágrimas surgiram na borda dos olhos de Ana. Mas não queria apertar nenhum botão. Confluir.

Kauê começou a cantar uma música. *Wahanararai wahanararai. Marinawa kinadih. Hih hih hih.* A canção indígena Kanamary veio de seus parentes que moravam próximos aos rios Juruá, Itaquaí, Japurá e Javari. A canção contava a história de uma mãe arara chamando seus filhos pequenos até a porta do ninho para colocar comida no bico.

As três, Kauê, Ana e Peri, foram transportadas para o Norte do Brasil e ligadas à floresta. Foi difícil escolher estar longe de casa na capital em Brasília. Kauê sentiu que todos sentiam falta da terra.

Quando voltaram a se acalmar, Kauê segurou as mãos de Ana. É o sonho dela.

Eu sei, mas o corpo dela não vai tolerar essa quantidade de plástico, microplásticos, BPAs, ftalatos. Ana voltou a chorar. Verifiquei com o médico e na rede, é uma contaminação enorme, e um mês de exposição, mesmo que ela tome muito cuidado, deixa-a praticamente sem chance. Os microplásticos nos pulmões serão fatais. No sistema endócrino. É uma sentença. Talvez um ano de vida. Não pedi uma heroína, só quero minha irmã de carne e osso.

Ela faz isso porque não consegue conviver com esse mundo de plástico entrando em todos os poros o tempo todo. Se o projeto funcionar, podemos pensar em uma vida mais longa e livre. Feliz.

Estou farta desta conversa de esperança. Nada mais do que uma grande espera. Ana começou a limpar o rosto.

Silenciaram.

Naquela noite, Ana foi até a casa da irmã depois de carregar as latas de tinta. Sujou até os antebraços pintando uma tela do tamanho do chão da sala. As gatas cruzaram a tela enquanto Ana dormia e o céu azulava com os raios refletidos. Deitaram ao lado dela.

*

Vinte dias. Apertou o botão "calma" tantas vezes que foi bloqueado. Fechou os olhos. Ok, vou verificar a transmissão ao vivo pelo satélite, pensou. Tinha se segurado para não ficar compulsiva. Desde a última explosão havia decidido que viveria a própria vida e não a de Rita.

Uma mensagem apareceu repetidamente na vista de Ana. Kauê. Peri. Ela sabia o assunto, mas não queria ler. Repetidamente colocou no modo silencioso, mesmo com notificação urgente. Ana odiava o passado, a humanidade, por terem produzido o plástico, o petróleo, as mudanças climáticas e terem que viver em bolhas. Gente estúpida.

Decidiu ficar sozinha para poder acompanhar Rita no seu ritmo. No caso, não acompanhá-la. Mas o silêncio ia amarrando a garganta aos poucos, terminava o dia em pedidos mentais de que tudo ficasse bem. O pai e a mãe, abençoados com o esquecimento devido a uma contaminação antiga impregnada em placas no cérebro pela poluição do ar, não acompanhavam Rita.

Abriu o rastreio. Enorme. Verificou as coordenadas e pediu para seguir o navio Condor. Ampliou o *zoom* e viu a embarcação destacada em amarelo se movendo a essa altura com pelo menos 500 mil toneladas de plástico para processamento, menos do que o mundo produziu em um ano no começo do século XXI. Estavam a caminho de Xianggang para processamento. Rita havia explicado uma vez que o plástico do continente é tão leve que era necessário um volume enorme para a plataforma de injeção.

Ana deitou-se na rede e observou o navio durante todo o dia. A máquina de compactar plástico que criava cubos gigantes. Capturava grandes quantidades de plástico, mas parecia que, ao retirá-las, vinha mais plástico do fundo da água, um monstro que se regenerava. Esforço minúsculo. O navio não era nada comparado ao continente. Navegavam engolfados pelos restos da humanidade. Lixo.

Os seres humanos, no século passado, criaram zonas livres de plástico com filtros de água, filtros de ar, filtros. (R) existência. Ana pensou nos filtros e respirou fundo. Restava a ela respirar. Pop. A mensagem reapareceu. Ela precisava trabalhar na pintura, tinha uma tela preta por começar. Há semanas estava a desenhar uma cobra, mas a arte não fluía. Engolia plástico.

*

Depois de abrir a viagem de navio nos olhos, era impossível não ver. Já estava há dias verificando o navio, trabalhando dia e noite. Em uma tarde observou a irmã no convés do navio utilizando toda a instrumentação. Os cabelos, inconfundíveis, trançados em um coque, acomodados na roupa especial. Segurança. Usava uma máscara grande para filtrar o plástico. Estava perto de outros membros da equipe e eles sinalizavam algo. Ana observou Rita, deu um *zoom* nela. Estava viva.

Trançando futuros.

Aquele navio carregava o mundo.

A única coisa que a Ana fez foi começar a pintar e alimentar as gatas. Concluíram a coleta e a compactação do plástico no navio. Primeiro passo feito, mana.

Recebeu então uma notificação sobre a notícia: a equipe do Condor enfrenta pane no navio a caminho da plataforma de Xianggang.

Chegaram mensagens de Peri, Kauê. Desligou. Vai ficar tudo bem.

Com as mãos trêmulas, derramou toda a tinta azul.

Ondas. Tons. Pintava com pressa.

Oceano. Esperança. Azul.

HUMANIDADE

Seres sencientes visitam o objeto de estudo G1345-7689, cerca de vinte mil anos depois da última civilização daquele planeta azul. Um exoarqueólogo pesquisa uma região que ficou a salvo da grande inundação, mas que acumulou camadas de terra ao longo dos anos.

Apesar de ser especialista em buscas nas águas, ele coordenou a instalação da base de escavação terrestre. A possibilidade desta descoberta era tentadora demais, principalmente para seu maior interesse na pesquisa dos cultos daquela civilização. A ideia da empreitada era escavar uma possível conurbação e entender a vida daqueles seres pensantes do planeta azul. O continente era de um formato triangular e possuía, antes da inundação, uma grande variedade climática e paisagística, com áreas quentes, formações rochosas, frios extremos e desertos. Aquela porção de terra era facilmente reconhecida, pois tinha a maior cadeia de montanhas do planeta.

A principal teoria corrente era que a própria civilização causara uma instabilidade climática que levou à sua ruína. Alguns exocientistas debruçavam-se sobre uma crença complexa que influenciou o estilo de vida daqueles curiosos seres. Aquele planeta era um achado, uma sociedade avançada para os padrões do universo. Após a aceleração das mudanças climáticas, aquela civilização apenas conseguiu resistir e mitigar o seu fim, bem como o fim da biodiversidade do planeta, que agora resiste ao clima instável com pequenos animais de seis patas e uma flora interessante predominantemente arbustiva.

O pesquisador adorava visitar o planeta azul, achava aventureiro os saltos de anos-luz, a viagem e a possibilidade de fazer descobertas que poderiam ensinar a sua própria civilização a prosperar. O exoarqueólogo era do tipo que não parava o que estava fazendo para interagir. Seguia a trabalhar, comunicar, cantarolar e se movimentar. Tinha um ritmo preciso, nem muito rápido, nem muito lento. Como um metrônomo.

Estava na escavação quando flutuou até suas mãos um copo plástico de uma festa de aniversário de milênios atrás, que a equipe de escavação trouxera, praticamente intacto. Levou a amostra para seu colega que estudava aquele material produzido a partir das profundezas do planeta azul e sintetizado de diversas formas para a criação de instrumentos para aqueles seres pensantes se alimentarem, além de partes do que possivelmente usavam para manter sua saúde, como bolsas que colocavam substâncias nos seus corpos.

De luvas, ele segurou com a precisão necessária para não fragmentar o copo. A dúvida de diversas pesquisas sobre o planeta azul era se esses objetos faziam parte apenas da sobrevivência ou se eram parte da crença daquela civilização.

Os seres pensantes do planeta azul eram chamados de "duas pernas". Uma dúvida recorrente era o motivo pelo qual, tendo conhecimento dos danos, ainda assim eles bebiam líquidos armazenados nesses materiais que causavam desequilíbrio para eles e o planeta. Ao que tudo indica, eles possuíam tecnologia suficiente para compreender isso. O estudioso refletia se era realmente uma crença de autodestruição, enquanto guardava o copo plástico com cuidado em uma caixa específica para amostras. Havia também nessas caixas outros objetos desconhecidos para o exoarqueólogo, como vasos sanitários, pias, televisões, escovas de dentes, brinquedos. Para o exoarqueólogo e sua população, que se comunicava por telepatia e de forma intuitiva, sem necessidade de implante ou acessório, era difícil compreender o que eram aqueles aparelhos tecnológicos com uma espécie de tela, encontrados com frequência.

Era impressionante, também, a quantidade dos recipientes feitos de material derivado do óleo do fundo da terra. Em alguns locais, era possível encontrar apenas fragmentos microscópicos, principalmente no mar. Porém, em algumas regiões, devido à forma como o solo se acomodou e o pouco oxigênio, aqueles fósseis foram mantidos intactos. Alguns frascos com tampas para carregar um líquido, principalmente com alto teor de açúcares, continham uma espécie de gás dentro. Alguns teóricos pesquisavam se não seria uma espécie de substância viciante para manter a sociedade sob controle, um culto àquele líquido o qual levou a tantos recipientes no planeta azul que formaram uma camada do derivado do óleo. Alguns linguistas diziam que os "duas pernas" se referiam a esses recipientes com os signos "PET" ou "Coca", mas o pesquisador não sabia como pronunciar nem como soavam essas línguas. Certamente algo complexo como aquela civilização. Era interessante pensar que foram ótimos exploradores e sucederam em ocupar todas as partes do planeta. Basicamente, não havia nenhum espaço, mesmo nos locais mais inóspitos, que não houvesse sido tocado pela mão dos "duas pernas".

O estudioso analisava com atenção os horizontes do solo da escavação, em especial as amostras de solo perfuradas para visualizar o padrão daquela região. Observou a coloração da terra, matéria orgânica, seguida por uma camada de composição com minerais, mais escura, e por um substancioso horizonte do material composto pelos "PET", por fim uma camada mais próxima das rochas de formação daquele terreno. A camada de "PET" era uma camada biográfica da existência "duas pernas" na formação do planeta. Entender a composição do solo ajudava a compreender até onde iriam as escavações. Ele tinha esperança de encontrar dados para os seus estudos.

Apesar de viverem pouco, no máximo cerca de uma centena de voltas ao sol daquele planeta, os "duas pernas" eram figuras interessantes. Brigavam muito. Havia marcas de lutas e grandes destruições. Guerras. Além disso, gastavam muita energia, uma das possíveis origens do seu colapso. Uma lástima, poderiam ter convivido com aquela espetacular natureza para a sua vida e alegria. Enquanto lamentava, pois acharia deveras interessante poder observar os "duas pernas" em vida, não conseguia definir o quão antigo era o culto que pesquisava. Essa era uma camada misteriosa que a pesquisa poderia descobrir.

Estudava especificamente um padrão de imagens construídas quando uma parte da região ainda não fora coberta pela água devido ao aquecimento do planeta próximo ao fim da civilização. Havia resgatado pelo menos duas estátuas parciais, de cerca de vinte metros, que estavam embaixo da água, mas estimava que poderiam existir milhares. A estátua fora construída à semelhança dos "duas pernas", usando um manto e uma coroa de espinhos.

Outro detalhe era a representação dos fios longos saindo da cabeça do "duas pernas", representados na estátua. Também, próximo às estátuas existiam templos, onde possivelmente aquela civilização se encontrava para cultuar sua sobrevivência ou destruição.

O exoarqueólogo escolheu uma música daquela civilização para aquele dia de escavação, o trabalho de reconstrução das paisagens sonoras era incrível. Apesar de não entender nada da letra, escutava e se balançava emocionado: *cambia lo superficial, cambia también lo profundo, cambia el modo de pensar, cambia todo en este mundo.* Arriscava-se até a cantarolar. Interessante aquela civilização que desenvolveu tantas coisas e até veículos, mas não uma fonte de energia para resolver seus problemas. Nem conseguiram criar veículos aéreos eficientes para sair do planeta. Se tivessem vivido um pouco mais...

Mas a consistência das estátuas espalhadas por aquele chão, concentradas naquele continente acompanhado de grandes construções para aquela civilização, era o que mais intrigava o pesquisador. Com linguistas, encontrava repetidamente os cinco signos ou caracteres que exemplificam o possível alfabeto da linguagem da época das estátuas. Possivelmente o nome da crença ou da divindade, ou a representação linguística da santidade.

Lembrou-se de quando começou a pesquisa no fundo do mar, quando encontrou os vestígios do primeiro espinho da coroa. Aquilo suscitou muita curiosidade nele. Como foi envolvente encaixar e reconstruí-la com cada peça. Da primeira estátua, deve-se ter encontrado apenas um décimo do que era originalmente, a ponta de um espinho e uma parte da cabeça. Sentiu uma intuição e isso bastou para decidir que esse seria seu objeto de estudo.

A segunda imagem feita do mesmo material foi encontrada muito distante da inicial. Intrigante, isso ampliou para o pesquisador a certeza de que era uma descoberta importante sobre a crença dos "duas pernas". Um colega, que coletou os primeiros fragmentos e os colocou nas caixas para analisar em seu planeta natal, percebeu algumas variações, mas deveriam existir mais.

Aos poucos, o pesquisador encontrou onze partes de estátuas, umas principalmente com o rosto, outras com uma parte do braço e do manto, a ponto de ter conseguido construir uma imagem 3D do que seria a forma original. Lembrava-se especificamente da sexta imagem, da qual só encontrou resquícios do dedo do pé. Havia identificado que as cores e o desenho do manto variavam razoavelmente em cada peça, mas davam volume e ideia de como eram os "duas pernas" da época.

Foi um colega exourbanista, o qual trabalhava com as zonas limites não submersas, que o informou da possibilidade de existir uma grande conurbação que possivelmente teria a estátua. O colega exorubanista estava escaneando o solo para procurar sinais da civilização e imaginou que poderia ter encontrado uma estátua em um destes locais. O exoarqueólogo não teve dúvida quando primeiro viu o que poderia ser o livro que acompanhava as imagens e as repetidas cinco letras encontradas em diversas escavações.

A possibilidade de encontrar uma estátua intacta, inteira, era muito preciosa. Queria agilizar ao máximo a equipe e, cada vez que percebia que se aproximava mais, sentia ondas de energia pelo seu corpo e mudava a coloração da pele para azulada de tanta animação. Era para isso que havia estudado exoarqueologia, o trabalho era puro deleite.

*

Após um tempo, talvez enorme para os "duas pernas" e bem breve para o exoarqueólogo e sua equipe, metros de material foram removidos com cuidado. Outras construções próximas foram encontradas e era animador ver o que o chão desvelava em suas profundezas. Uma conurbação de grandes proporções. Uma descoberta digna de adicionar novas camadas de complexidade nas explicações sobre os "duas pernas". E o exoarqueólogo conseguiu encontrar mais um exemplar da imagem, completo, sem a necessidade de montar partes como um quebra-cabeça. Um dos achados interessantes foi a ausência de restos dos "duas pernas" no local, a impressão era de que tudo havia sido abandonado às pressas, mas ainda não havia mais teorias ou elucidações sobre isso.

Também escavaram uma construção em que apareciam alguns materiais intactos com vários exemplares de PET. Aquela escavação animou outros pesquisadores que estavam se deslocando para conhecer o território. Ele cobriu com um campo de ilusão de óptica a região do seu estudo e iria apresentar para os colegas naquele dia. Estava ansioso, pois a estátua estava realmente em ótimas condições, queria ouvir as considerações dos demais e as novas peças que isso adicionaria ao extenso quebra-cabeça dos "duas pernas".

Todos ficaram posicionados animados, próximo ao campo, aguardando ansiosamente o aparecimento das descobertas. Possivelmente ali futuramente seria uma área de visitação para conhecerem a história dos "duas pernas".

O exoarqueólogo compartilhou por telepatia algumas informações sobre a quantidade de matéria orgânica, o que foi descoberto e as outras imagens encontradas. Todos vibraram animados.

Então desapareceu o campo de ilusão, como uma chuva delicada, revelando o que estava por trás: a estátua e um templo inteiro. Era visível no templo, escrito em azul, a combinação dos cinco signos:

H-A-V-A-N.

BOTOS

Amazonas, 30 de setembro de 2023.

No Brasil, a morte de quase 300 botos das espécies vermelha e tucuxi na Amazônia mostrou que as mudanças climáticas são uma emergência real. Não apenas algo que acontece com os ursos polares do Ártico entre pedaços de gelos desprendidos. A mortandade dos mamíferos nos lagos Tefé e Coari, no interior do Amazonas, nunca chegou a um nível tão alarmante.

Somente em 28 de setembro de 2023, foram encontradas 70 carcaças de botos no lago Tefé. Nesse dia, a temperatura dentro da água alcançou os 41ºC em um trecho com um metro de profundidade. A estimativa é de que, somente nesse lago, cerca de 10% da população de botos tenha morrido no período de uma semana.

Não são só os botos. A seca deixou milhares de ribeirinhos ilhados sem acesso a comida, água e saúde. Perderam o rio, a floresta, a roça. Os comércios não foram reabastecidos pela hidrovia devido aos baixos níveis do rio. Os pescadores cutucavam a lama procurando o que comer. A falta de peixe e os barcos ancorados nos bancos de areia denunciaram o que desapareceu junto com os botos: jaraquis, bodós, tucunarés, acarás, tambaquis, caratingas, pacus. As análises indicam estresse e hipertermia nos botos, não há indicação de outras doenças.

Tempo.

FUGA

Arapuã segurava o cabo do violino com suas mãos quase que da mesma cor do traste e a coluna ereta. Transpirava no pescoço. A ponta dos dedos com uma leve ondulação, os calos. As cordas no corpo dele.

A plateia no teatro municipal: um borrão. Sentia que perdia a acuidade visual nos trapézios tensos. Na sua preparação, garantiu que o HD cerebral estaria pronto para executar uma das mais difíceis e brilhantes sinfonias da época. Seu cabelo *black power* dividido com mecha branca e o terno azul moderno formavam o conjunto: o melhor violinista humano do mundo. Um altruísmo para os tempos atuais ocupar toda a cabeça só com música.

Todos os dias ele encontrava-se com o decorador, Carlos, uma pessoa para a qual se falava o que era importante armazenar, o que não podia ocupar o próprio HD mental. Carlos poderia repetir o que foi decorado para ele, depois que tivessem morrido todas as notas e a peça tivesse sido executada. Assim, Arapuã poderia esvaziar algumas colcheias do violino até memorizá-las novamente e encher o HD até a próxima apresentação.

Escolheu pouquíssimas memórias para manter em sua cabeça: imagens das suas mães, primeira vez que encostou no violino de madeira, primeiro recital, formação em teoria musical. Outras ficaram para trás: o primeiro beijo, a separação, o sentimento de abandono. O coração permaneceu apertado constantemente, mas curou-se da memória com sua exclusão e manteve a opressão no peito. Atribuía a tristeza à rotina.

Além do seu HD mental lotado, impressionava a memória muscular que garantia a performance das peças mais complexas. Não era possível salvar nada em nenhum objeto externo, não existiam livros, nem computadores para semi-humanos, apenas a oralidade. Restou aos semi-humanos uma lei de memória limitada justificada pela dificuldade de se criar espaço nos HDs cerebrais. Entretanto, no espaço privado dos sonhos, aconteciam pequenos milagres e tons de memória apagadas ressoavam. Às vezes, o músico guardava um pouco das imagens de forma consciente na cama ao acordar. Mas logo as deletava para poder levantar-se e escovar os dentes, para ocupar-se das atividades de curto-prazo do dia. Carlos guardava alguns sonhos do cliente, mas bem poucos.

O decorador armazenava as memórias verbalmente ao escutar Arapuã e outras pessoas que precisavam ocupar toda a capacidade cerebral, por exemplo, com música. Era um decorador profissional. Registrava uma a uma no seu HD. Mas, com o tempo, deletava algumas antigas, afinal nem o solicitante iria lembrar da memória gravada. Apagara diversas lembranças de Arapuã para manter-se trabalhando. Carlos percebeu sua fixação por fatos inutilmente parecidos. Uma vez pediu para memorizar a descrição de uma xícara bonita, ou a sequência de notas de uma melodia, outra vez foi a descrição da ex-namorada em um sonho. Como existiam poucas músicas autorais humanas, o decorador mantinha duas ou três melodias na lista para o caso de Arapuã solicitar, mas fato é que nunca o fez. Arapuã esquecia-se das composições. Carlos sustentava seu HD cerebral conforme a recomendação de saúde com pelo menos 20% do espaço livre para o caso de urgências. Diferente do seu cliente.

Naquela noite, Arapuã preparou-se para seis horas de apresentação de uma sinfonia criada por uma inteligência artificial, IA, chamada Eva. A ideia da IA centrava-se na união da fina tecnologia com a latência da humanidade. Pelo fato de a escolha da música ser tocada por mãos de carne e osso, passíveis de morte, a inteligência repassou a peça para o maestro que ditava as notas uma a uma para cada músico, a execução humana sustentava a dúvida da perfeição de Eva.

A melodia de Arapuã tratava-se da mais complexa e, portanto, a que mais ocupava o HD: cerca de 20% de notas e pausas. Já era a terceira pessoa a participar dos ensaios. Outros semi-humanos colapsaram, mas ele utilizou toda a sua memória de segurança para a peça. Caso colapsasse, provavelmente não seria possível restaurar o HD em sua porcentagem inicial. A peça consistia um risco e o musicista refletia calado, sobre o tom de perversidade-beleza de expor as pessoas daquela maneira. Mas não pensava muito, porque não queria gastar espaço mental.

Eva criou um espetáculo com luz, palco giratório, imagens holográficas flutuantes e uma decoração completamente preta e monocromática para todos os detalhes. Perfeito para humanos e outras IAs, uma fuga. Em um dos ápices da peça, enquanto caminhava e intercalava a harmonia, Arapuã ficava próximo da plateia, circulava no palco e tocava freneticamente as fusas da Eva. O violinista não parava durante os ensaios da peça que, além de uma interpretação mental e corporal dos membros superiores, era também um exercício para as pernas.

Arapuã iniciou a apresentação da noite com um solo delicado durante o qual uma borboleta amarela voava sozinha por cima da plateia humana, enquanto as IAs ficavam no camarote. A música evoluiu para a entrada de outros instrumentos de corda tocando de forma percussiva, em notas curtas, *stacattos*. Em crescendo alcançou uma explosão de intensidade e borboletas a voar pela plateia. Eva era capaz de exasperar até as IAs mais exigentes. A precisão da IA na direção da peça consistia na (im)perfeição da humanidade e na fina arte artificial.

No último solo, conforme orientação de Eva, caminhou até o público golpeando delicadamente o violino enquanto do seu instrumento saía uma onda amarela de luzes que enchia o teatro vagarosamente. Eva definiu: deveria olhar para as pessoas. Orientou Arapuã a pingar um colírio especial que fazia a íris mudar de cor conforme a luz ambiente e conferia um enigma especial. Arapuã encarava os humanos da plateia com os globos oculares ictéricos-neon a flutuar. O exercício de aproximar-se das pessoas adicionava uma nitidez incômoda. Se olhasse muito, ocuparia a memória imediata e estava em risco. Enxergava sem ver.

Notificações de HD lotado. Os dedos da mão esquerda moviam-se pelo braço do instrumento e executava a fuga com a mão direita a elevar e baixar o arco de forma ritmada. Fitou os borrões da plateia. A mão hesitou por um instante. Dois pontos pretos ocuparam-se do espaço da memória imediata e foram registrados no HD cerebral.

Errasse.

Vazio.

Duas semibreves piscando.

Com o peito pequeno. Respiração curta. Coração acelerado. HD mental lotado. Risco de colapsar. Deu as costas e seguiu humanamente: próxima nota, compasso, pausa, ritmo. Até apagar-se.

IMPRESSÃO

Chapecó, 12 de julho 2227.

Mop segura uma semente de araucária nas mãos limpas amareladas, mas com as unhas um pouco sujas de terra. Um pinhão. *Auracaria augustifolia.* Raríssimo de se ver, e enviado a conta gotas para ela desenvolver a sua pesquisa. Na outra mão tem um copo de vinho. Mop toma vinho sem hesitar. Segura os objetos e aperta as mãos com delicadeza e determinação. Tem nas mãos uma aposta. Segura o pinhão como quem joga dados. Um tabuleiro da segunda metade do século XXII.

Ela carrega nos brincos sementes de feijão e, no pescoço, de milho. Esta era talvez uma das peças de maior valor na atualidade: sementes. Uma crença de chão. Solta o pinhão com cuidado numa caixa especial e, em seguida, os cabelos lisos que estavam enrolados no coque. Futuro. Mop tem a dimensão de que não pode desistir dos sonhos, porque neles estão as memórias da terra e a ancestralidade. Ela ainda quer plantar, cuidar, viver. A monocultura das plantas acabou com a pluralidade dos humanos, escreveu em sua tese.

Não sabe por que escolheu ser engenheira florestal, se não existe mais nenhuma árvore selvagem no planeta e, para ser sincera, nem as árvores dos criadouros de estufas estavam indo bem. Sentia que era engenheira do passado. Porém se recusa a embarcar em estudos de florestas antigas ou em engenharia de imagens, não vê sentido naquilo. Sabe da sua ancestralidade indígena e entende que tem uma conexão mais profunda com o chão. A pesquisa desvela essa ânsia de voltar-se para a Terra enquanto uma boa parcela das pessoas insiste no espaço.

A ideia de Mop de reflorestamento a partir da impressão de árvores 3D encanta acadêmicos, mais pela esperança tecnológica de verem pela primeira vez uma floresta do que pelos resultados. Mop sabe que não deve desperdiçar as dez sementes de araucária, mas é melhor tentar com decência do que perecer comendo única e exclusivamente tubérculos, algumas plantas arbustivas que resistem em estufas ou a principal base da alimentação atual: os alimentos impressos.

Engole o vinho produzido de "uvas selecionadas artificiais", mais uma mentira para vender um caldo químico produzido no laboratório. Está às vésperas de iniciar o novo experimento. Quer dormir e sonhar com a metamorfose dela em borboleta. Só viu borboletas no borboletário alguns anos atrás e foi incrível. Lembra-se especialmente das borboletas laranjas que nascem de pupas verdes chegando perto dela e voando em círculos, enredando-se no seu cabelo e abrindo as asas devagar. Observa por trás da taça de vinho o desenho da sua placenta pendurado num quadro de parede. Lembra-se da sua mãe contando que enterrou a placenta quando Mop nasceu, aterrou. Sua mãe queria que ela fosse uma semente.

De pés descalços, direciona-se ao banheiro enquanto sente o pó seco do deserto no chão grudando na sola. Não era um grande incômodo, mas tampouco era confortável. Tinha se esquecido de ativar o módulo de limpeza do apartamento. A ciência brasileira agora garantia mais conforto para a pesquisa com apartamentos individuais e centros bem organizados. O robô automatizado feito de cerâmica descansou demais nos últimos dias. A cerâmica foi a grande saída para o plástico. Mop dá um comando de voz para iniciar a limpeza, seriam alguns minutos. Enquanto isso, prepara-se para lavar-se com sua cota de água diária. Escolhe um aroma relaxante de lavanda para entrar no banho. Um borrifador que produz uma névoa de água para lavar-se, relativamente confortável e com menos de um litro de água. Pensa na quantidade de água que será necessária para a floresta impressa.

Quem mora perto do mar tem a vantagem de usar água do mar reciclada para banhos. Às vezes, pensa em voltar para um lugar mais úmido, mais perto da capital, Joinville, para dar aulas na Universidade Federal de Santa Catarina. Mas a pesquisa está justamente nesse lugar, no limite da savana em Chapecó. Outro dia lera sobre a antiga capital do estado, Florianópolis, conhecida como a ilha da magia pelas histórias das bruxas, mas que na atualidade é apenas visitada em alguns pontos que o mar ainda não cobriu ou, evidente, nos mergulhos para turistas.

A impressão 3D de árvores em um arcabouço orgânico conta inclusive com os anéis de crescimento que imitam árvores mais velhas, entre trinta e cinquenta anos. Algumas teorias correntes falam que as árvores mais antigas conseguiriam resistir ao clima hostil e à pouca água. Teriam sobrevivido às mudanças climáticas se não tivessem sido derrubadas. Ali antigamente havia uma floresta sobrevivendo à cidade e à pressão dos prédios altos. Agora não era apenas um deserto em clima, era um deserto habitacional. Duzentos anos antes os moradores haviam escrito sobre o direito ao sol devido ao excesso de construções verticais. Agora moravam pouquíssimas pessoas, em sua essência, pesquisadoras. Muitas das construções foram demolidas pelo risco de queda. Mop sempre passava pelos escombros e imaginava como era a região.

As árvores, inicialmente, parecem vivas com raízes, troncos, folhas e até flores e frutos. A depender da espécie, variam em tamanho. Mop já imprimiu árvores de até 30 metros. Algumas cresceram até um ou dois metros depois de plantadas na terra. No entanto, depois de um tempo elas secam e morrem. Não basta serem geneticamente idênticas. As impressoras 3D atuais imprimem até o nível do DNA, mas parece que falta tempo de amadurecimento. Certamente não é o mesmo que uma floresta antiga. Uma estagiária outro dia havia falado que faltava alma para as árvores.

Paralelo a isso, o manejo da natureza não permite mais o crescimento de uma floresta. O tempo: uma corrida. Mop teoriza que, se existirem árvores maiores e mais fortes, talvez seja possível criar um ambiente propício para o desenvolvimento gradual de algumas espécies para a retenção da umidade e garantia de crescimento das árvores nascidas das sementes. Por isso aquelas sementes de araucária, para dar vida (ou alma) às árvores impressas.

Um ipê foi a árvore-impressão que durou mais, teve até uma floração amarela de cerca de 30 flores que caíram e formaram um modesto tapete no chão. Três primaveras, não porque o clima mudasse, sempre era quente e seco, mas Mop chamou assim. Não se definem mais estações. No final, já sem florescer nem recuperar as folhas, o ipê bem impresso — porém morto — foi cortado para ser utilizado como matéria orgânica. Manejo florestal para um dia chegar a uma floresta. Agora, a tecnologia que Mop está desenvolvendo coloca a semente dentro da impressão, próximo ao colo da árvore, na transição entre a terra e o céu. A semente, com o tempo, é absorvida pelos anéis e pode potencialmente garantir a vida ou a alma da árvore.

No banho, um pouco de xampu em barra vai para os olhos que começam a arder. Mop começa a lacrimejar, em seguida abre um choro de soluçar, surgem mais lágrimas molhadas que o banho. Coloca a touca borrifadora para terminar a lavagem com a menor quantidade de água possível. Lembra-se de uma memória que visita com frequência: o dia em que foi possível ouvir um pássaro a cantar no experimento, algo raríssimo de se ver. Mal existem aves, aquilo foi de muita esperança. Naquele dia Mop chorou. Depois duvidou. Ninguém conseguiu gravar o pássaro, mas todos que estavam na floresta ouviram, sem dúvida, um pássaro a cantar. Bem-te-vi. Ela termina de enxugar a pele praticamente seca e se detém em seu rosto para colocar vaselina nas narinas para manter a umidade.

Na manhã seguinte, iniciará a impressão de dez araucárias maduras em formato de taça. Trabalhou meses na construção das folhas aciculadas, verde-escuras, alternadas, espiraladas, variando de lineares a lanceoladas, coriáceas, com a ponta terminando em um espinho. Algumas menores e outras maiores que chegavam a até 6 cm de comprimento. A impressão em nível de DNA não garante o fenótipo. Quando a tecnologia surgiu, os humanos acharam que estavam fazendo uma grande descoberta, que poderiam imprimir tudo que destruíram. Qual não foi a surpresa quando as impressões com DNA idêntico ao original falharam, não tinham vida. Serviu para garantir comida, usavam carbono da terra e imprimiam corpos de comida, frutas, feijões, grãos, todos idênticos, todavia faltava algo naquele alimento. Não eram vitaminas, a falta era mais profunda.

Mop revisita mentalmente a projeção da imagem da araucária desenhada por ela e sua equipe. A araucária adulta era esplendorosa, com os galhos voltando-se para o céu. Uma obra de arte. Não só pela beleza, mas pela magnitude, o diâmetro de tronco à altura do peito seria de 1m. A casca externa de cor marrom-arroxeada, resistente, áspera e rugosa. Elas eram projetadas para variar entre si, inclusive em relação a plantas de órgãos reprodutores diferentes. Mop toma o cuidado de analisar a semente de pinhão.

Ela visualiza as raízes da plantação das árvores, inicialmente uma raiz axial de 2 a 3 metros de profundidade para buscar o que o solo enriquecido terá para oferecer.

Inicialmente as árvores ficariam mais protegidas do sol quente para não se queimarem, até furarem o sombrite. Mop faz cálculos dentro da taça de vinho. Como operar esse pequeno milagre, as dez araucárias da humanidade?

Naquela noite, com o corpo de lavanda, deitou-se e sonhou com a terra, Mop era a árvore e a humana. Estava embaixo de uma floresta de araucárias. Seu cordão umbilical descia para o fundo da terra sem se desconectar, como uma raiz. Estava completamente nua, mas tinha uma casca, um tronco. Sentiu um vento balançando seu corpo, ouviu uma gralha azul enorme planando que deixou cair uma semente. Mop curvou seu tronco e buscou na terra o pinhão, segurou-o na palma das mãos e sentiu mãos indígenas, muitas, milhares, de resistência e espiritualidade.

*

Quinze anos depois, o sol entra pelo sombrite da floresta e ilumina Mop, que caminha com um chapéu pela pequena floresta. Precisa de ajuda para andar, tem sua pesquisadora júnior acompanhando-a na trilha em meio a galhos secos caídos. Novas rugas cortam seu rosto envelhecido, mas os olhos mantêm o brilho de ter ao menos reflorestado um pouco o planeta. Ciente da sua idade avançada, anseia por voltar para a terra, não tem pretensão de batalhar pela longevidade. O tempo que ela acelerou na floresta sabia que era para dar tempo às próximas sementes, e sabia da sua própria perenidade.

Um espécime original da floresta de araucária está em pé com algumas outras árvores menores circundado: um pequeno milagre. Uma equipe de biólogos conseguiu reintroduzir três espécies de borboleta sem que as lagartas destruíssem tudo e estão cogitando trazer pássaros de cativeiro. São apenas alguns hectares verdes de esperança. Uma borboleta laranja com as bordas pretas pousa na roupa de Mop e abre e fecha as asas devagar. Mop para e a pesquisadora também, uma honra da natureza. Como pode a humanidade ter comido a Terra a tal ponto? Apesar da idade, Mop nunca se conformou.

Elas caminham até a araucária, a espécie que restou e que vive com os galhos voltados para cima. Mop pede para a pesquisadora deixá-la ali sozinha. Desejou deitar-se sob as raízes da árvore. Queria sentir o chão e reverenciar. Ancestralidade e futuro. Ao repousar sobre as raízes, observa a copa magnífica, depois de um tempo vê duas asas pousando num dos galhos: a gralha azul. Se for um sonho, não quer acordar.

Era natureza. Presente. Aquela araucária furou o sombrite, as mudanças climáticas, o capital, o concreto, o tédio, o nojo e o ódio.

O ÚLTIMO MATE

Porto Alegre, 1º de janeiro de 2301.

Bem-vindes ao século XXIV. Diz o letreiro da reportagem holográfica em dourado 3D. Hoje é um dia especial para a América Latina. A matéria segue em uma reprise dos momentos mais importantes dos séculos passados. O fechamento da Mina Guaíba na região de Porto Alegre após a contaminação da água local e a morte de milhares de pessoas com o rompimento da barragem de resíduo estão entre os destaques do século XXI. Olhar para o passado dá a impressão que as pessoas daquele século não pensavam muito bem.

A extinção fez parte do século XXIII, e certamente fará parte do século XXIV. Começou no século XX, mas se intensificou no século XXII, primeiro com os animais: a última leoa, gaivota, beija-flor, joaninha. Sobraram alguns, mas principalmente os mosquitos ultra resistentes ao clima e vetores de doenças. Na verdade, ficaram as pragas junto dos alagamentos. Depois dos animais foram-se as plantas. A última figueira solitária para casamentos morreu pelo excesso de calor. O último pé de jatobá, a última violeta de jardim.

A última samaúma amazônica. A humanidade se perde nas redes sociais tentando identificar plantas e animais do passado nos arquivos digitais, os chamados antropólogos digitais, que utilizam algoritmos e análise de imagens para seu trabalho. Também chamados de arqueólogos virtuais, são peritos em identificação de plantas e animais do passado: os humanos se tornaram aficcionados pela memória.

A transmissão holográfica em diversas redes da emissora Gaúcha está em *design* verde na temática da homenagem do chimarrão. A repórter Dandara Silva começa a ler em suas lentes digitais a notícia enquanto as casas de toda a América Latina recebem os holográficos em sua sala. Enquanto ela fala, aparecem imagens de sementes e de vídeos da erva-mate ao seu redor.

Ela fala em tom ensaiadamente triste, lendo o texto enviado pela produção em sua retina, que diz que a última planta de erva-mate não sobreviveu aos viveiros, nem às mudanças climáticas, nem ao ambiente artificial das estufas. Morreu devagar, primeiro parou de produzir frutos, depois flores. Por fim, foi fabricando folhas cada vez menores, independente dos enxertos, até chegar a folhas minúsculas, como as outras da sua espécie, que morreram nos anos anteriores. As pessoas chefes de estado da Argentina, do Brasil, do Paraguai e do Uruguai estão reunidas hoje para a celebração de uma roda de chimarrão, como era feito antigamente. A câmera mostra a imagem holográfica das quatro pessoas sentadas em um banco. A líder argentina com os cabelos brancos, pele branca e o rosto marcado pelo tempo, utiliza um poncho com marcas indígenas por cima do modelito presidencial. A pessoa não-binária, líder uruguaia, com olhos repuxados e o cabelo liso preto, raspado de um lado e curto do outro, a pele amarela, tem os braços pintados com tinta preta simbolizando os indígenas da sua comunidade. A presidenta paraguaia é uma mulher indígena sorridente e corpulenta com uma blusa colorida com marcações guaranis. A chefe de estado brasileira é uma mulher negra de pele escura com o cabelo trançado com fios brancos e pretos cuidadosamente adornados, e faz uso de um terno e colares dos povos indígenas brasileiros. Dandara acha emocionante estar perto delas, fisicamente.

Com tom (um) pouco otimista, Dandara explica que ainda existem sementes guardadas na Noruega no *Svalbard Global Seed Vault*. O Cofre de Sementes foi construído bem acima do pior cenário para o aumento do nível do mar. As três câmaras de sementes foram esculpidas em montanhas de rocha sólida, e o túnel que leva às câmaras foi feito de concreto impermeável.

A repórter pensa que aquela tinha sido uma ótima ideia do século XXI. Assim a humanidade não parece tão insensata. Mesmo com a subida do nível do mar, o cofre tem margem de segurança para este século, segundo os especialistas. Armazenadas em envelopes de alumínio, cerca de quinhentas sementes de erva-mate estão garantidas no cofre para quando o clima se restabelecer. Enquanto lê, questiona-se do que adianta ter envelopes de alumínio, cheios de sementes. Quase adiciona sua reflexão triste: mas sabemos o quão difícil será replantar.

A reportagem segue. Hoje uma indígena descendente dos guaranis, Nadi Vasconcelos, irá preparar o último chimarrão feito da planta da erva-mate em um ato simbólico de união entre os países do sul da América do Sul. As folhas foram coletadas nos últimos anos conforme a última planta de erva-mate foi se esvaindo. A reportagem mostra como as folhas foram secas em estufas que se assemelhavam ao calor do sol e atmosfera do século XX.

Então, neste dia especial, em um gesto de sobrevivência, as presidentas do Brasil, da Argentina e do Paraguai, u presidente do Uruguai irão fazer uma roda de chimarrão. Mas, antes de mostrar o preparo, um holograma com várias folhas de erva-mate embaladas em uma tecnologia biodegradável e com baixa pegada de carbono aparece. Uma voz explica que, apesar de não se ter mais a produção de erva mate a partir de uma árvore, é possível a produção em impressoras 3D ultrarrealistas imitando a folha e o sabor. Compre agora e receba um pacote extra com o sabor do mate. A propaganda informa: contém material genético 100% idêntico ao original. Guarani é a erva do momento! Encomende a sua. Os mercados de impressos 3D ultrarrealistas imprimiam erva-mate para a entrega via drones.

Dandara está no centro da transmissão com as pessoas chefes de Estado ao fundo. Agora ela se prepara para uma infusão de odores e imagens que começam a aparecer em uma animação que demonstra a história sobre o chimarrão. Todas as pessoas que estão recebendo a transmissão, se tiverem ativado os mimetizadores de odor, irão sentir o frescor artificial da erva-mate. A transmissão segue com histórias antigas pré invasão europeia, colonização e descolonização.

Uma delas é a história guarani de um ancião indígena que não conseguiu ou não quis acompanhar sua comunidade, que após um tempo mudava-se de local, ficando para trás com sua filha, pois estava cansado para mais uma viagem. Certo dia nublado, a lua desceu do céu no formato de ser encantado e o ancião e sua filha a protegeram de um afogamento, de uma onça, e lhe entregaram a última broa que tinham, que é um pão de milho, para aquela encantada comer.

A lua, no céu, olhando para os dois que passavam fome, decidiu agraciá-los com pé de erva mate. Mas não só isso, decidiu tornar a filha do ancião a deusa da terra, a filha se tornou o pé de erva-mate. Assim ninguém ficaria com frio, já que era uma bebida quente; nem com fome, já que tira o apetite; nem em solidão, porque sempre em comunidade teria alguém a matear.

A lenda é narrada com as ilustrações no holograma mostrando uma aquarela em movimento genial, mas uma sombra triste recai sobre a face de Dandara. Oca. Ela toma consciência de que está morrendo também, talvez dentro daquela cuia de chimarrão filmada, a deusa da terra. E ela respira uma cadência curta, ninguém vai notar quando for ao ar, mas ela sabe: a humanidade foi longe demais. Vivemos em um mundo impossível.

Dandara começa a ler o roteiro e a trazer entonações automáticas sobre como os jesuítas utilizaram o chimarrão como uma forma de desautorizar as lideranças espirituais indígenas, dado que, ao retirarem a erva-mate, ressignificavam o controle e o poder dos indígenas para a conversão à fé cristã. Inclusive, a bomba do chimarrão, que nesta preparação será realizada com taquara trançada, Dandara explica, foi resultado da interferência da colonização européia no século XVI-XVIII que resultou na conhecida bomba de metal. Em uma bancada, mostram-se diversos tipos e tamanhos de bombas de chimarrão, além de diversos estilos e formatos de cuia.

Agora vamos acompanhar o preparo do chimarrão. A indígena guarani prepara um chimarrão, esquentando a água como era antigamente, numa chaleira, um ritual. Não era só o fim da erva mate, era o fim de um mundo em que se ritualizavam as coisas. Ela coloca a erva-mate na cuia, apesar de tudo simples, só uma cuia, a última. O microfone capta tudo nos mínimos detalhes, o ASMR[4] do barulho da água da fervura, ela mexendo naquela erva preciosa.

Tão autêntico e artificial. As lideranças tomam o mate em roda, primeiro em silêncio e depois simbolicamente falando sobre a união da América Latina. Nadi serve o mate e toma como parte da roda, até a cuia roncar, cada liderança engole a bebida quente. No fundo, Dandara sente pena. Aquilo percorre cerca de quarenta minutos, até ela encerrar a transmissão. A propaganda sobre a erva-mate Guarani segue aparecendo em uma barra na tela ou conforme a preferência do usuário. Compre agora a bebida e receba por drones o sabor do mate.

---

4. Sigla em inglês para "Autonomous Sensory Meridian Response", ou "resposta meridional sensorial autônoma". Uma sensação agradável gerada no corpo por um estímulo externo, geralmente auditivo.

Ela encerra a transmissão. Depois que a câmera não grava mais se aproxima de Nadi que está tomando o chimarrão, quer alongar ao máximo aquele momento. A cuia alheia, após a cobertura do jornal, ronca na palma da mão de Nadi, até o último segundo. As pessoas chefes de Estado recebem a erva-mate Guarani como lembrança deste momento, posam para fotos em seus trajes tradicionais.

Nenhuma impressora é capaz do que uma árvore faz. Nadi olha para Dandara e elogia a transmissão, faz menção para Dandara sentar ao lado dela e oferece um chimarrão. Enquanto serve o mate com a chaleira, a água escorrendo, uma lágrima começa a se formar dentro da pálpebra de Dandara. A mão de Nadi encontra a mão de Dandara para entregar a cuia. Nadi dá tapas tristes nas costas de Dandara, elas não falam. Sorvem o momento.

Dandara segura a cuia com as duas mãos e uma lágrima solitária escorre pelo seu rosto enquanto o primeiro gole do último chimarrão desce pela garganta.

ESTE É UM LIVRO DE FICÇÃO.

QUAIS MUNDOS SÃO POSSÍVEIS?

Mayara Floss é Médica de família e comunidade do SUS, vegana, artista, escritora, produtora e musicista. Atualmente, cursa o doutorado na Universidade de São Paulo (USP), no Departamento de Patologia, e estuda como as mudanças climáticas afetam a saúde humana, bem como a comunicação sobre o assunto. É autora do livro de crônicas *Diário dos abraços* (2022), indicado ao Prêmio Jabuti. Também publicou os livros de poesia *Aquafaba* (2021), *Fôlego* (2012) e *Falta um Poema...* (2009). Participou de outras coletâneas como *Quando fui Paciente* (2019), *Causos Clínicos* (2018), *Saúde no Caminho da roça* (2018) e *Percepções amorosas sobre o cuidado em saúde: estórias da Rua Balsa das 10* (2016).

Durante sua caminhada, trabalhou com comunicação, arte, saúde planetária, mudanças climáticas, saúde rural e populações remotas. Foi criadora e cocoordenou o coletivo mundial Rural Seeds. Já desenvolveu trabalhos com a Organização Mundial da Saúde e a Organização Mundial de Medicina de Família e Comunidade (WONCA). Faz parte de diversos Grupos de Trabalho da Sociedade Brasileira de

Medicina de Família e Comunidade, são eles: Mulheres, Saúde Planetária, Rural e Sexualidade. Além de ser integrante do Instituto de Estudos Avançados da USP. Em 2017, apresentou no evento TEDx a palestra "Por que Saúde Rural?". Em 2019 e 2020, com o colega Arnildo Miranda Jr., gravou e lançou as músicas do Projeto M(Ar). Desde 2019 faz parte da equipe do podcast "Medicina em Debate". Participou do roteiro, produção e direção de diversos curtas como *Pobreza Menstrual* (2021), *Francesa Alta* (2019) e *Série SUS* (2015).

Mayara alia seu trabalho autoral de escritora repensando o papel da saúde na sociedade. As mudanças climáticas e a ideia de saúde planetária ou cura planetária atravessam sua pesquisa e são temas presentes tanto em artigos científicos quanto nos seus contos. Uma eterna aprendiz da música, especialmente da bateria. Inventiva desde criança, aprecia os momentos com as amigas e a família. Apreciadora, também, de um bom chimarrão todas as manhãs.

AGRADECIMENTOS

Primeiramente aos povos originários e comunidades tradicionais deste território latino-americano que fazem parte da ecologia deste livro, em especial: Ailton Krenak, David Kopenawa, Diádiney Helena, Lia Minapoty, Nego Bispo, entre tantos que participam das minhas escrevivências e leituras (leiam indígenas, quilombolas, mulheres, é urgente). À Diádiney Helena, pela leitura do manuscrito e escrita do prefácio. Ao meu pai e à minha mãe que me apresentaram desde cedo o mundo da floresta e da biologia. À minha irmã, Paula, que mesmo não gostando de distopias esteve presente. Ao Augusto pela paciência de ouvir as histórias repetidas vezes e compor a ideia de "Humanidade" nas nossas viagens. Às minhas gatas Kiki e Taru, que acompanharam junto com o mate os dias de escrita. Às amigas Carolina Gomes Teixeira Cabral, Fábio Duarte Schwalm, Giulia Parise, Iasmine Nique, Lorenzo Kupstaitis, Luís Henrique Carletto, Luís Cláudio Boechat, Pedro Henrique Oliveira Nascimento, Virgínia Polli e Thaís Gonçalves por ouvirem as histórias em suas diversas fases e me ajudarem a dar coesão. Ao grupo Medicina em Alerta, do qual faço parte, e que luta contra a construção da Mina Guaíba na região de Porto Alegre (carvão não!). À Iasmine Nique pela ilustração do mapa. Ao Mauro Paz, amigo escritor querido, que teve a paciência da leitura atenta e construções essenciais para este livro. À minha professora de redação e português, Maria Rosângela da Veiga, que fez uma revisão gentil e que me conduziu pela literatura e escrita desde antes do vestibular. Ao meu orientador de doutorado Paulo Hilário Nascimento Saldiva e à co-orientadora Nelzair Vianna, que me permitiram experimentar outros caminhos possíveis na comunicação sobre mudanças climáticas e sobre saúde planetária. Às pessoas leitoras que trouxeram suas impressões: Alexis Milonopoulos, André Carrilho, Daniela Vianna, Diádiney Helena, Geraldo de Azevedo Souza Filho e Mariana Marques. Aos designers planetários Iasmine Nique e Lorenzo Kupstaitis que sempre me ajudaram a desenhar o mundo e mergulharam comigo no design deste livro – não teria ficado tão incrível sem vocês. À Angélica Pinheiro pela revisão cuidadosa. Ao Thomás e ao sonho-realidade de toda a equipe da Editora Coragem em tornar este livro (im)possível — *gracias* também por me permitirem ser parte ativa do projeto gráfico. Às pessoas que chegaram até aqui, sujando-se neste livro, que marcas queremos deixar?

Este livro foi composto em fonte tipográfica
Cardo 11pt sob papel pólen bold 90g/m² pela
gráfica Edelbra para a Editora Coragem.